婚約破棄をされた悪役令嬢は、すべてを見捨てることにした

The Villain Madomoiselle decided to forsake everything.

[著]
アルト
AUTHOR: Alto

[イラスト]
タムラヨウ

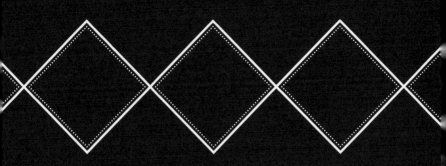

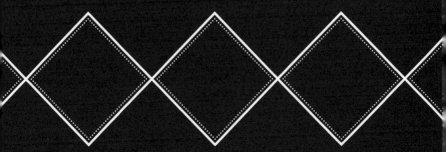

魔王
非道を尽くす魔族の王。
強大な敵として
人類の前に
立ちはだかる。
ラナー
女神。
ツェレアの境遇に
同情し、陰から復讐を
後押しする。
ツェレア
元貴族令嬢。
無実の罪で国を追放された後、
７年間『魔の森』で
復讐の機会を
窺っていた。

ガゼル
ドラグナード王国の王太子。ツェレアの元婚約者で、追放を謀った張本人。
ドラグナード王
ドラグナード王国を治める男。権力を振りかざし、傍若無人を極める。
アウグレーン
ツェレアの父。王家の命に従い、娘の追放に加担した。
CHARACTERS
登場人物紹介
こんやくはきをされた
あくやくれいじょうはすべてを
みすてることにした

1

夢を、見ていた。

一人の女性は、夢を見ていた。

＊＊＊＊＊

――その日は、白銀色《しろがねいろ》に染まる雪の日だった。しかしその日、私の心に刻み込まれたのは、決して、詩人が言葉を尽くして賛美したであろう風景ではない。

目に映る光景は、腐敗した貴族《道化》の笑顔。偽善者の笑い声。蔑《さげす》む、視線。そんな、酷いものばかりであった。

「――はっ、はっ……、はっ……」

走って、走って、走って。

日が暮れても、夜が更《ふ》けても、朝を迎えても私は走り続けていた。

思い返すたびに私の脳内で何度となく木霊《こだま》する忌々《いまいま》しい笑い声。

たった一つ。

ある貴族の殺人に関与したという偽りの事実一つで、私の人生は百八十度変わった。家からは追い出され、人里に向かえば罵倒《ばとう》が飛んでくる。

私は必死に弁明した。それは嘘であると。決して私はそんな事はしていないと。なのに誰も信じてくれない。

家族ですら、一人も信じてくれなかった。

それどころか、一族の恥さらしなどと怒声《どせい》を浴びせられ、思い切り殴られた。

そして腫《は》れた私の顔を見た連中から、笑い声が上がった。その記憶だけは忘れたくても忘れられない。

「も、う、誰の顔も見たくない……ッ」

みんな敵だ。

誰も彼も、例外なく人間は私の敵だ。

何処《どこ》にも拠《よ》り所《どころ》などない。こんな生から逃げてしまいたい。そう思ったけれど、私が死んだところで世界は何も変わらない。

何処かで笑い声が一つ増えるだけだ。

だから私は、どんなに醜《みにく》くても無様でもいいから生き延びてみせようと思い直した。それだけが、今の私にとっての生きる理由だった。

「だ、から――っ！」

こんな私は人里には住めない。

ならば自《おの》ずと私が向かえる場所は限られてくる。

例えば、魔物が数多く棲みついた魔窟《まくつ》――『魔の森』など。そんな誰も向かおうとはしない場所。

だから私はそこへ向かう事にした。

幸い私は、貴族令嬢として高名な魔法師より教えを受けた身。多少の魔物なら対処が出来る。

そう思い、私――ツェレア・ベイセストが『魔の森』へ向かったのが、丁度今から七年前の話であった。

2

コンコンとノックの音が鳴る。

ドア越しに、音が響いていた。

「…………」

部屋に木霊《こだま》する音を無視しつつ、夢から覚めた私は無言で上体を起こし、己の右腕がある筈であった場所に目を向ける。今は空虚《くうきょ》に袖《そで》が垂れ下がるだけの場所へ。

徐《おもむろ》に視線を向けた理由は、疼《うず》くからだった。

既に失った筈《はず》の右腕がいやに疼く。

ずきん、ずきんと、一定間隔で脳に痛みを伝えてくる。忘れるな。決して忘れるな。と私に言い聞かせるように――。

「……忘れないよ。忘れる筈が、ないでしょ」

ギシギシと音が鳴る。

全身の筋肉が、密集する刃のようにギシギシと軋《きし》む。緊張でもしてしまっているのか、私の身体は力《りき》んでいた。

ドアをノックするだなんて慣習は『人間』特有のものだ。

私――ツェレア・ベイセストにとって『人間』とは敵。私を見捨てた奴らだ。嘲笑《あざわら》った奴らだ。貶《おとし》めた奴らだ。

心の中で蠢《うごめ》くその想いだけで私は生きていた。

その憎悪《ぞうお》だけが私を突き動かし続けた。腕を失おうとも、居場所を追われようとも、生き続けてきた理由。だから、私は敵視する。

何が起ころうとすぐさま対応出来るように、臨戦態勢を整えた。

「大丈夫……大丈夫だから」

己に言い聞かせるように呟く。

もし扉の向こうの存在が真に人間であるならば、私は約七年ぶりに人間と出会う事となる。

どんな用件なのか、見当はついている。

追われ、虐《しいた》げられ、嘲笑われ——。

そんな負の記憶が去来《きょらい》し、口の端がぐにゃりと歪《ゆが》む。そして、

「うん。何も問題ない」

私は顔から感情を、まるで能面に近づけるかのように消し去った。

たとえ追手が来たのだとしても、私はこの七年間、遊んでいたわけではない。

初めこそ、慢心はあった。けれど、その慢心のせいで右腕を失い、それからというもの、日々を生き延びる事にのみ力を注ぎ延命を続けた。

その事実こそが私の唯一の拠り所。

そんな事を考えていると、ずっと鳴り響いていたノックの音がピタリと止まる。

今は無人であると判断して帰るのかと思いきや、ギィッと音を立ててドアノブが捻《ひね》られていく。

——随分と行儀《ぎょうぎ》の悪い輩《やから》だ。

無人であるからとドアを押し開けようとするなど、マナーの欠片《かけら》もない。ドアの向こうの存在に対して侮蔑《ぶべつ》の感情を向けると同時、「おい、開いてるぞ」だなんて驚いた声が上がった。

そして、数秒を経て訪問者の姿があらわになる。

「……つか、こんな森の奥に一軒家《いっけんや》とは……随分と変わった人もいるんだな」

「本当にね。というか、神託《しんたく》とはいえ何で私達がこんな場所まで迎えに来なきゃいけないのよ……しんど」

「…………」

相貌《そうぼう》に幼さを残した少年が一人。

何処か気怠《けだる》げな印象を受ける少女が一人。

黙り込んだまま気まずそうに目を伏せる、彼らの使用人らしき人物が一人。その後ろに、ずらりと二十人ほどの騎士が控えていた。

その現実を目にした私は、側に置いてあった無骨《ぶこつ》な剣を無造作に掴み取る。

「わっ、待って待って！　俺達はあんたの敵じゃないんだよ!!　神託を受けてあんたを訪ねただけなんだ!!」

この辛《かろ》うじて一軒家と呼べる拠点を捨ててしまうか、それとも守り抜くか。

そんな取捨選択を始めていた私に向けて、少年は慌てた様子でそう言った。

「……神託ねえ」

ここで初めて私は口を開いた。

どうして居留守を使ったんだとか、彼らには言いたい事がいっぱいあっただろう。

しかし、姿を見せるや否《いな》や敵意を剥《む》き出《だ》しにした私に向かって、それを指摘するほど肝っ玉は太くなかったのか、私が興味を見せた「神託」について説明を始める。

「そ、そう！　神託！　あんたも知ってるだろ？　魔王の悪逆非道《あくぎゃくひどう》さは。その魔王を討伐《とうばつ》する為に神託が降りたんだよ。そしてその討伐パーティにあんたが選ばれた。だから俺達と共に――」

成る程。俺達と共に、という事は、この少年もその神託とやらで選ばれた人間なのだろう。女神から選ばれた人間。さしずめ勇者とでも言ったところか。

「それは私の知った事じゃない」

私はばっさりと切り捨てる。

「神託とか、魔王とか。私はどうでもいい。そもそも私は人間が大嫌いだしね。私としては滅べばいいと思ってるくらいだし」

「……何言ってるの貴女《あなた》？」

気怠げにしていた少女が話に割り込んでくる。この子も勇者だろうか。

頭がおかしいんじゃないのと言わんばかりに、彼女は視線に侮蔑を込めていた。

嗚呼《ああ》、その視線だよ。

その視線が、堪《たま》らないくらいに腹が立つ。心の奥底で蓋《ふた》をしていた筈の黒い感情が湧き上がってくる。剣を握る手に、自然と力がこもる。

「……今日は何もなかった。そういう事にしてあげるから、早く私の前から消えて貰えないかな。そろそろ抑えが利かなくなるんだけど」

人間とは、私にとっての敵。

害悪であり、害意を向けるべき対象。

己の中に刻まれたその感情だけは覆《くつがえ》しようがなかった。だから、そう忠告したのに、

「……ツェレア・ベイセスト殿」

黙り込んでいた使用人らしき男が、一枚の書状を懐《ふところ》から取り出しながら私の名を呼ぶ。

しかも、七年前に追い出された筈の生家の家名付きで。

「召集命令がかかっております。ご同行頂けますでしょうか」

「ふ、ふふっ、ふふふふはっ」

その言葉を耳にした時、私の中の何かが弾けた。

「私、勘当《かんどう》されてると思うんだけど？」

可笑《おか》しくて仕方がないとばかりに笑い、私は言う。

「……ベイセスト卿《きょう》は貴女を勘当した覚えはないと言っておられました」

「ふぅん、だから貴族として国からの召集命令に従えと？　拒《こば》めば後ろで控える騎士達で取り押さえる。そんなところ？　ふ、ふふっ、ふふふふっ」

身体を震わせながら私は笑い続ける。

貴族としての地位を追われ、笑い者にされ、相手の都合だけで虐げられた挙句、爪弾きにされた私が、どうして神託などという人間の都合に従うと思うのだろうか。

……いや、思わないからこその後ろの騎士達、か。

「ふざけるなよお前ら」

突《とっ》として、私は腹の底から冷えた声を上げた。

「……何が、でしょうか」

冷たい視線を向け続ける私に対し、印が押された召集令状とやらをこれ見よがしに掲げる男は、眉をひそめて疑問符を浮かべる。

私が従わない事が、そんなに不思議なのだろうか。それとも目の前の男は、私が受けた仕打ちの事を知らないのだろうか。

「何がじゃない。貴方の発言全てがふざけてるって言ってんの。召集命令？　貴族？　神託？　そんなもの如《ごと》きで、なんで私が協力しなきゃいけないの？」

「……陛下の命に背《そむ》くと言うならば、此方《こちら》も相応の対応をしなければなりません」

そう言って男は、隣にいる少年少女と、背後で控えている騎士達に視線をやる。腰に下げた剣の柄《つか》を少し持ち上げて刃を覗かせたのは、冗談ではないという表明か。

これは彼なりの脅しなのだろう。

しかし、しかしだ。

「それ、本気で言ってる？」

目一杯の嘲笑を込めた私の返事に、相手の表情が不快そうに歪むがそんな事は関係ない。

「……此処、『魔の森』じゃ、欲しいものは奪う。それが唯一とも言えるルール」

人という存在が私以外いないからこそ、本来の自然界のルールがそのまま在り続ける場所。

それが『魔の森』。

私自身も餌《えさ》として認識された事は数知れず、そのせいで右腕を失っている。そして私も、生き延びる為に何度も殺しをして、今の今まで命を永らえてきた。

「だから、どうしても私を連れて行きたいのなら、手足を斬り落として連れて行けばいい……って本当は言いたいところだけどね。ある条件を呑んでくれるのなら協力してもいいよ」

「条件、ですか」

「そう、条件。別に無理難題を押し付けるわけじゃない」

どろりと腹の奥で渦巻く感情を引き上げながら、私は酷く歪んだ笑みを浮かべる。

「七年前に私を貶めた、私の血族含む貴族連中約五十名。加えて王族五名。そいつらの右腕を斬り落として私の前に持って来てくれれば、協力しない事もないかな。どう？　簡単でしょ？」

「……っ」

息を呑む音の重奏。

「そん、な、事ッ、出来る筈が……ッ!!」

「これでも譲歩した方なんだけど？」

「貴様、何様のつもりだ……!!」

化けの皮が剥《は》がれたのか、男の口調が乱雑なものに変わる。

「私は誠意を見せて欲しいだけだよ。あれだけの事をしておいて協力しろと言うなら、相応の誠意を見せて貰わないと納得出来ない」

散々な事をしてきたにもかかわらず、召集命令？　ふざけるのも大概にしろよと、本音を言えば今すぐにでも殴り込みに向かいたかった。

「神託で私が指名されたんでしょ？　たった数十人の右腕で世界が救えちゃうかもしれない。安いと思わない？」

「己の立場を弁《わきま》えろッ！！！」

「己の立場、ね。婚約者から裏切られ、家族や他の貴族にも、更には関係のないそこらの住人にまで虐げられた人間。それが私。立場を弁えなきゃいけないのなら……私は恨みを向けるべき人間を殺し回ればいいのかな」

少しだけ、聞き役に徹していた少年少女が驚いていた。恐らく、私の生《お》い立《た》ちについては何も聞かされていなかったのだろう。しかし、私の話し相手の男に驚愕の様子は見受けられない。彼には既知の事実だったと考えるべき。

「……後悔するぞ」

話し合いによる解決は不可能と悟ったのか。

殺気のこもった視線が私に向けられる。

だけど、『魔の森』で過ごす私にとってそんなものは日常茶飯事《にちじょうさはんじ》。暖簾《のれん》に腕押《うでお》しだ。

「後悔？　私が？　ふ、ふふふは、あはははは っ」

喜悦《きえつ》に口角を歪ませる。

そして、ぴたりと笑い声を止め、

「そんな事はあり得ないから」

圧を込めてそう言う。

「私を脅すのは自由。話しかけるのも自由。意味をなさない印を見せるのも、偉ぶるのも自由。だけどね」

私への苛立ちを抑えられなかったのか剣の切っ先をこちらに向ける男に、言い放つ。

「お前ら知らないでしょ。私がどんな思いで生きてきたか。どれだけ人間に恨みを抱いているか」

当人でないから分からない。

分かろうともしないし、理解する気もない。

にもかかわらず、全てを知った気で話を進めていく。嗚呼、嗚呼、腹が立つ。

ぐちゃぐちゃにして殺してやりたいという衝動が鎌首《かまくび》をもたげる。

「お前らがここに来た経緯《いきさつ》は、大方分かるよ」

貴族がどれだけ腐敗した、救いようのない生き物であるかなぞ、私が誰よりも理解している。だから実際に目で見て、耳で聞いていなくても、私は彼らが何を言われて此処へ赴《おもむ》いたのかが分かってしまう。

「どうせお前らは、貴族に戻せば私が言う事を聞くとか言われてきたんじゃないの？　それとも、逃げるように生きてきた奴に、逆らう度胸《どきょう》はないとでも言われた？　騎士を引き連れて威圧しておけば問題ないって？　……ふざけるな」

響く怒号《どごう》。

出来る限り己を抑えよう、抑えようと試みていた筈なのに、いざ人間を前にするとそんな自制は利かなかった。

まるで身体に熱湯でも注がれたかのように、沸き立つ血潮《ちしお》が私の理性を溶かしていく。

「お前らのせいで私がどれだけ苦しんで、悲しんで生きてきたと思ってんの？　それとも、私のそんな感情は瑣末《さまつ》な事だと？　……ああ、そうだった。貴族のお偉方はそんなクソ野郎ばっかりだった。あーあ。私ってば何を期待してたんだろ。人間は全員救いようのない禽獣《きんじゅう》でしかないのにさ」

そう言って、私は天井を仰いだ。

「後ろに控えてる騎士も含めて、さっさと帰りなよ。これ以上、私がお前らに話す事なんて何も無い」

力を込めた事で、左手に握っていた剣の柄が、みしりと悲鳴を上げた。

斬り殺したい。

抑え付けていた殺人衝動の箍《たが》が外れかかっている事を感じながら、私は目を閉じる。これ以上見つめていると、本当に斬りかかってしまいそうだった。

人間とは、私を苦しめた連中であり、私の敵。

斬り殺す？　いや、何年も背負ってきた私の苦しみを一瞬で終わらせるなんて耐えられない。

お前らは精々苦しめばいい。ううん、苦しんでくれないと不公平だ。最後の最後まで苦しんで、己の愚かさを噛み締めながら死んで、漸《ようや》く私と対等なんだから。

「……あんた、神託の意味を分かってそんな事言ってるのかよ」

言葉を荒らげて反論していた男ではなく、静観を決めていた少年が言った。

「知らないけど？　というより、知る必要がないと思うけど？」

「なっ……」

驚いた声が上がるけど、私にとっては至極当たり前の事で、少年の反応こそが驚きであった。どこにそんな驚愕《きょうがく》する要素があったのか、と尋ねたいくらいだ。

「ほら、さっさと出て行ってよ。目障《めざわ》りなんだよ」

そう告げてもやはり、小屋の中に入ってきた三人とも動く気配がない。

――物分かりの悪い奴ら。

などと思っていた折、少しだけ意外な言葉が私の鼓膜《こまく》を揺らした。

「……欲しいものは、奪う。どうしても連れて行きたいなら手足を斬り落としてでも。そう言っていたな？」

それは、散々みっともなくわめき散らしていた男の声。

「ふ、ふふ、ふふはっ」

楽しげに私は唇を歪ませる。

彼の言葉に対しての私の答えは、嘲笑であった。

「そう、だね。うん。そうだよ。『魔の森《ここ》』では、欲しいものは奪って手に入れる。それが是《ぜ》とされる場所」

私は強者だけが得をするその理不尽なルールを、誰より理解していた。

故に、そこには一片の容赦《ようしゃ》も入り込まない。

「そういう事なら……じゃあ、そうだね。私は——右腕を貰おうかな」

とんっ、と私の足下で軽《かろ》やかな音が鳴る。

緊迫したこの状況に似つかわしくない音色。しかし、その音色が何よりも残酷な事実を彼らに伝えていた。

「きえ、た……？」

彼らの視界から、私の姿が一瞬でかき消える。

そして、

「七年間。こっちは死に物狂いで生きてきたんだ」

音すらも置き去りにして、私は平坦な声音で言葉を紡ぐ。

男はこの発言を耳にして漸く背後に回られたのだと知覚し、慌てて向き直ろうとするが、もう遅い。

私は手にしていた剣を後ろへ投げ捨て、男の後頭部を無手《むて》になった左手で掴み、そのまま床に思い切り叩きつける。

「趣味程度で剣振ってる奴なんかに負けるわけがないじゃん」

強引にうつ伏せにされた男は苦悶《くもん》の声を上げていたが、それに構わず私は自分の右足を彼の右腕の付け根へゆっくりと移動させた。

「動けば握り潰す」

一瞬の出来事に何が起こったのか分からず、ぽかんと惚《ほう》けていた少年と少女に向けて私が言う。

私の左手は未だ男の頭を力強く掴んでいる。

人の頭を握り潰せるわけがない。

そんな事は分かっているだろうに、先程の目にも留まらぬ速攻が彼らの判断能力を著《いちじる》しく低下させているようで、まともに言葉も紡げない。

「見た感じ……お前、結構偉い人だよね」

地面に伏す男はそんな私の質問に対し、むぐぐと唸るだけ。けれど、私は辛うじて喋れる程度には力加減をしているので、単に喋りたくないだけなんだろうと判断し、話を進める。

「私を連れて来いって命令した人に一つ、伝言をお願い出来るかな」

そう言って、私は男の耳元へゆっくりと顔を近づける。

そして、

「四肢《しし》をもがれて達磨《だるま》にされたくなかったら二度と私に関わるな」

圧をかけてそれだけを告げ、私は顔を離す。

「そう、伝えて貰えるかな」

神託において重要な私という存在が抜ければ、王都の連中は慌てふためくだろうか。

そう思うと少しだけ、胸がすく思いであった。

「でも、それだけじゃ間違いなく、ただの脅しって思われる」

どんな些細《ささい》な事であれ、貴族連中に弱みを見せてはいけない。それを身を以て知っているからこそ、視線が己の右足下へ向かう。

「恨むなら、私から容赦を取り除いてくれた王さまと、その息子と、貴族の方々と……こうして這《は》いつくばる事になった自分の弱さを恨もうね」

私が右の足に力を込めると同時。バキリ、と、骨が纏《まと》めて砕ける音がいやに響いた。

右腕を踏み潰された激痛に身を悶《もだ》えさせ、その痛苦から逃れるように意識を手放した男から視線を外し、驚愕に目を見開く少年少女に向けて一言。

「私を連れて行きたいなら襲い掛かってくれていいよ。ただ、コイツとお揃いになるかもしれないけど」

そう言うや否や、彼らは私から半歩距離を取り、壊れた玩具《おもちゃ》のように忙《せわ》しなくかぶりを振る。

「……何も、聞く耳を一切持ってないわけじゃない。コイツには『関わるなって伝えろ』と言ったけど、それは舐《な》め腐《くさ》った態度を取るならの話。誠意を見せてくれれば、私だって話くらいは聞く」

その誠意とは、斬り落とした右腕を私の目の前に持ってくる事である。それを理解しているからか、彼らは何も言う事が出来なかった。

「命令一つ、たかだか神託程度で全てが無かった事になると思ったら大間違い。私達の溝《みぞ》は、そんなに浅いもんじゃない」

＊＊＊＊＊

「まるで女優ね……ほんと、いい性格してるわよ貴女」

小屋を訪れた彼らが立ち去ってから数分後。

今度はノックもなしに一人の女性が立ち入ってくる。

「元々貴女が神託で自分を指名してくれって頼み込んできた癖に、抜け抜けと知らないなんて言うんだもの。可笑しくて笑い転げそうだったわ」

「……ラナー」

人形めいた相貌の麗人《れいじん》。

私がラナーと呼んだその女性は、ずかずかと我が物顔で部屋の奥へと進み、私のすぐ側で立ち止まる。

「なんで殺さなかったの？」

「……あの騎士達の事？」

「それ以外何があるのよ。人間憎しっていつも言ってる貴女がなんで殺さなかったのか気になって仕方がないのよ。だって絶好の機会じゃない……ねえ、どうして殺さなかったの？」

「困るからだよ」

私は刹那《せつな》の逡巡《しゅんじゅん》もなく即答する。

私の友人はこのラナーと、もう一人だけ。

こうして時折会って話している事もあり、彼女は私の考えの大半を知っていると言って間違いない。

ただ、今回の事に関しては、事の全貌をまだ話してはいなかった。故の、疑問。

「神託で選ばれたあの二人の子供に、それの付き添い人、騎士二十数名程度。あれを私が皆殺しにして、私憎しで団結されたら困るからだよ」

「……別にいいじゃない。貴女の目的はこの腐り切った世界を壊す事。そうだったじゃない？　そ

れとも、私が知らない間に変わっちゃったかしら？」

「変わってない。人間憎しは一切変わってない」

「だったらなんで――」

そこで、ラナーの言葉が止まる。

その理由はきっと、私が口の端を吊り上げていたから。残酷に、残忍に、冷酷に、酷薄《こくはく》に、円弧《えんこ》を描くように笑みを作っていたから。

自分でも分かる。

今の私はとても醜悪《しゅうあく》な笑みを浮かべているって。

「ただ斬り殺されて死ぬだなんて、生温《なまぬる》いと思わない？」

嗚呼、嗚呼。

どこまでも苦しんで、喘《あえ》いで、絶望しろよ。

私がそうだったように、お前らも。

これはやり返しなんだ。

誰もが正当と認めるやり返し。

私が味わった痛苦をそのままお返しする。ただそれだけの復讐劇。

斬り殺す？　とんでもない。

そんな優しい事を私がしてやるものか。

「……きっとあの愚王《ぐおう》なら、事の次第を一部隠して国民に話すよ。神託で選ばれた人間は国王の召集に従わなかった。その理由は、被害妄想を抱いた罪人だったから、って。私にした行為を全てひた隠しにして、ね」

王の思考が手に取るように分かる。

あの悪意にさらされ続けたからこそ、まるで未来予知でもするかのように分かってしまう。

「それからきっと、私という存在など居ても居なくても変わりないと判断する。そして、一行は魔王に挑んで、敗北する。王は言うんだ。負けたのは召集に従わなかった私のせいであると。私憎しで国を纏めようとするけれど、そこで邪魔が入る。それが、魔王による事実暴露」

いつになく気分が高揚《こうよう》している事もあってか、ラナーに言い聞かせているにもかかわらず、早口にまくし立ててしまう。

「魔王は言うんだ。国の貴族が私にした事を全て！　包み隠さず!!　だから協力しなかったのだと！　でも私は言っていた。腕一つ差し出せは手打ちにすると。それを王は拒んだ。そのくらいの罪は受け入れて然《しか》るべきであったのに拒んだ！　そして生まれる上層部とその他による不和。後はもう内部から壊れるだけ。いつ復讐されるか分からず、不安に駆られながら過ごして、過ごして、そして殺されるの——私にね」

「……そう上手く事が運ぶかしら」

「運ぶ。間違いなくね。それに、今代の魔王は私の数少ない友人だよ？　理不尽《りふじん》な運命に対する恨みへの理解は、誰よりも深い」

「……まあ、いいわ。貴女が満足するなら私はそれで」

私の想いが聞けて満足したのか、ラナーはそれだけ告げて私の前から立ち去ろうとする。

「……止めないの？」

「貴女は止めて欲しいの？」

「まさか」

それこそあり得ない。

これは、もう決定事項だ。

後戻りするなんて選択肢は存在しない。

「私はただ、『女神』なんて呼ばれてるラナーがこんな計画に加担しても良かったのかって思っただけ」

「私は聞いただけよ。一人の少女の願いを聞いただけ。神託で自分を指名して欲しいという願いを聞いただけ。その結果、人間が滅ぼうとも、私の知った話じゃないわよ。『女神』はね、醜悪な人間には手を貸さないの」

「……私も十分醜悪だと思うけどね」

「あら、それは私が判断する事よ。貴女の価値観は私にとってはどうでもいいの。私が醜悪でないと判断した。必要な事実はそれくらいでしょう？」

他者の意見に一切靡《なび》かない。

自分の判断こそが全て。

その在り方は、私の好むところであった。

「……あぁ、そうよ。もう一つ、貴女に聞きたい事があったの」

「私に答えられる事ならなんでも答えるよ」

「そう。なら、遠慮はしないわ。ねえ、」

少しだけ厳しい視線を向けながら、ラナーが口を開く。こちらの真意を探るような、そんな眼光であった。

いつになく真剣なラナーの様子に、場が少しだけ張り詰めてしまう。

「どうして私には名乗ってくれないのかしら」

その言葉に、私は小さく笑みをこぼす。

「名は、捨てたから。ただそれだけだよ」

ツェレア・ベイセストという名は捨てている。

だからこそ、今の私は名も無き人間。

名も無き人間に、失うものは何も無い。

……とは言っても、私がツェレア・ベイセストという事実に変わりはなく、その名で呼ばれれば、神託がどうのこうのと言っていた連中にしたように、反応してしまう。

きっと、ラナーがどうして名乗ってくれないのかと言ったわけはそこに収束するのだろう。

「……本当に、それだけかしらね？」

数少ない友人に、隠し事をするべきではないのだろう。だけど私は「そうだよ」と言って首を縦に振り、肯定した。

見せるべきではないのだ。

たとえ友人相手であっても、この淀《よど》み過ぎた感情だけは。

口で「殺す」と叫ぶのと、これは全くの別物だ。名を呼ばれたその瞬間、胸の奥から湧き上がるどす黒い感情が全身に絡みつき、容赦のない敵意と殺意が否応なく発露する。

今こうして私が比較的平静を保てているのも、ツェレア・ベイセストと現在の私を別物として考えているからに他ならない。

過去の、名があった頃の私は、よく嘔吐《えず》いていた。

涙が溢れ、苦痛に囚われ、孤独に喘いでいた。

痛みに声を上げれば、『魔の森』に棲《す》まう魔獣共が餌を見つけたと歓《よろこ》び集まる。

だから私はひたすら感情を押し隠すしか出来なかった。誰が悪かったのだと、毎日、毎日、毎日——毎日自問して。

理不尽過ぎる事実を自答する。弱者である私が悪いのだと。

ツェレア・ベイセストだった何かが、ぼろぼろと崩れ落ち始めたのも、丁度あの頃。

私の中に生まれ、蠢《うごめ》いて、染み込んだ感情が鎌首をもたげながら、令嬢時代から残る人間らしさの全てを壊し尽くした。

そして私は、名無しになったのだ。

荒れ狂う想いを閉じ込めるように、ツェレア・ベイセストというかつての名を捨てたのだ。

「……前の名前は捨てた。本当に、ただそれだけだよラナー」

念を押すように再度言う。

「……そう」

彼女はどうしてか、少しだけ悲しそうで。

けれど、私がそう言うと分かっていたのか、その表情に落胆の色は薄かった。

せめて、数少ない友人にだけは。この醜い感情を、狂気を、人間として致命的なまでに壊れ切った憤懣《ふんまん》と憎悪を、見せたくはなかった。

だから、そのトリガーとなるツェレア・ベイセストという名を呼んで欲しくない。

言葉の裏に隠されたその想いを感じ取ってくれたのか、ラナーがこれ以上私の名前に言及する事はなかった。

「何もかも捨ててしまった方がいいんだよ。人間らしさも、何もかも全て。失うモノをゼロにしてしまった方が、私にとってはどこまでも都合が良い」

憚《はばか》られるものがなければ、何だって出来る。

だから私は――。

「まあ、貴女の人生だもの。どんな生き方をしようが、貴女の自由。私がとやかく言う権利なんて何処にもないわ」

そう言ってラナーは、もう聞く事はないとばかりにドアノブに手を掛け、押し開ける。

「また、寄らせて貰うわね」

ラナーが小屋から立ち去る直前。

びゅう、と一陣の風が吹いた。

そのせいで、小声でひとりごちた彼女の言葉の全てが、私の耳に届く事はなかった。

――ねえ、気付いてる？

辛うじて、風に邪魔をされながらも聞こえたのはそこまで。

でも私には、彼女がこう続けたのが分かった。

貴女のその私を気遣う態度。それがとっても人間らしいって事を――。

3

「新聞ちょうだい」

平坦な声でそう口にする私の頭上には、少し大きめのポーチを首から下げている鳥が一羽。

左の手を高く上げると、その鳥は首に下げたポーチから新聞を一部、こちらに落下させる。

そして私は落ちてきた新聞を手に取り、記事に視線を落とした。

「……概《おおむ》ね予想通り、ね」

あの鳥は、号外が発行された際に飛ばされる一種の配達屋。

先程のように、求めれば誰にだろうと新聞を落とす役割を担っている。

号外が出たという時点で粗方《あらかた》の事は想像がついていたが、こうも予想通りに事が運べば、私が口の端を吊り上げるのも仕方がないだろう。

「神託で選ばれた勇者三人と二十余名を連れて、最西端に位置する街――ドラフブルグにて暴れていた魔族を鎮圧《ちんあつ》。王都はその祝勝パレードでお祭り騒ぎ。このまま魔王討伐に動く、か」

私に関しては恐らく、現状では無視する方針に決まったのだろう。

私を強引に捕らえようとすれば少なからず被害が出ると、神託にて選ばれた勇者二人と腕を折ってやった男が言ってくれたのかもしれない。

そもそも、敵意をむき出しにして対応したのも、私に構えば被害が出るぞと理解してもらう為。

このタイミングで私を放っておいてくれないと何もかもがお釈迦《しゃか》になってしまうからだ。

「ただ――」

出だしは私が描いた通りに進んでいると言っていい。いいのだが、勇者三人というのが引っかかった。

ラナーが下した神託では、勇者は私の他に二人だけ。

それなのに、記事では一人多い事になっている。

だとすれば、

「代役……かな」

私の代わりに誰かが勇者に選ばれた。

予定にはない事だが、その程度で何年も前から描いてきたストーリーを変更するつもりはない。

それに。

「支障が出るようなら最悪、私の手で」

——殺せばいいのだから。

そう、決意する。

この復讐は、あの時私を見捨てた人間に対するもの。あの時貰った全てを返す為だけの復讐劇。

誰一人として信用出来ない状況を作り出し、襲い来る理不尽に身を震えさせる為だけに描かれたもの。

私だけ我慢しろ？

そんな事は許されないし、私が許さない。

とある聖人の言葉が脳裏《のうり》を過《よぎ》る。

我意を胸の内に留める事こそが、その者の強さであると。

だけど私は違う。

それが是とされる世界だというならば、私は弱者でいい。恨みを果たせるのならば、私は何にでもなってやるよ。

それが私の願いなのだから。

私の全てはその復讐だけに、愚直に、ひたむきに、注がれ続けてきたのだから——!!

どこまでも澄んだ淡青《たんせい》の空。

蝶よ花よと育てられていた頃は一度も目にする事のない日もあったというのに、復讐に心血を注ぐようになってからはすっかり見慣れてしまった。その広大な空を仰ぎ、私は破顔する。

「何が起ころうと、これだけは変わらない。これだけは、変えられない」

静謐《せいひつ》に。

それでいて何処か、苛烈《かれつ》に。激烈に。

私は感情を込めて言葉を紡いでいく。

「だから、」

誓いを此処に。

決意を此処に。

想いを、此処に――。

「たとえなんと言われようとも、貫くよ」

確固たる意志として私の中に根付いてしまった想い《願い》。

「私の正義が、悪であったとしても」

罪悪感は生まれない。

後悔も生まれない。

「もう、誰にも止められない」

殺しに対して。

害を与える事に対して、私が罪悪感を抱く事なぞあり得ない。

「だから私はコレを成し遂げよう。コレを貫こう。コレを、果たそう」

全ては、この日の為だけに。

描いたシナリオを現実にする為に。

その障害になったであろうモノはもう既に、

「――名も無き私に、失うモノは何も無いのだから」

薄れて消えたのだから。

これが、ラナーと別れてから十日後の出来事であった。

4

「ゴルド将軍が勇者に……、そうか」

寂《さび》れた廃城《はいじょう》にて、一人の男が異形《いぎょう》の生物より伝えられた言葉を反芻《はんすう》しながら、空を仰ぐ。そこには茜《あかね》と黒が歪《いびつ》に混ざり合った夜の色が、遥か遠くまで広がっていた。

「――――」

男にしか分かり得ないであろう言語で、異形の伝令役は言う。

良いのですか、と。

「ああ、良いさ。問題ない。元よりアイツは死に場を求めていた。俺が助ける事をアイツは求めていなかった。気持ちを汲《く》んでやるのも、『王』の役目だろう？」

「――――」

伝令役は慌てて平伏し、ガタガタと僅《わず》かに身体を震わせながら男の言葉を待つ。

差し出がましい事を口にしてしまい、申し訳ありません。そんな言葉を添えながら、判決を待つ罪人のように怯えるだけ。

しかし、

「良い。頭を上げろ」

やってきた言葉は、赦《ゆる》し、であった。

「お前は、魔族に生まれてまだ日が浅い。故に許そう。ゴルド将軍《アレ》や古株の連中の気持ちは、気が遠くなるほど生きて漸く理解に届く。そんなものなのだから」

伝令役は不思議そうに首を傾げた。

「お前は、人が死ねばどうなるか。その答えを知っているか？」

その問いに対して、伝令役はいいえと首を振る。

「だろうな。それを理解していた連中は、俺を含め十人にも満たないのだから」

少しだけ、悲しそうに。

寂寞《せきばく》を漂わせながら男は言葉を続けた。

「人が死ねば、魂というものが骸《むくろ》から生まれ出る。その際に、黄泉《よみ》へ送られる魂から、不必要とされた不純物だけが取り除かれる。それを俺は〝遺志〟と呼んでいる」

伝令役は聞き入っていた。

男の言葉に、話す内容に。

「黄泉とは罪無き魂が落ちる場所よ。穢《けが》れを抱いたまま彼処《あそこ》へ向かう事は出来ない。だから、その前に穢れを落とすのだ。その行為により、〝遺志〟が生まれる。言うなれば、それは怨念《おんねん》に近い」

「――――」

怨念ですか、と伝令役は言う。聞き慣れない言葉であったのか、その表情には一層深い疑問が刻み込まれた。

「あぁ、怨念だ……そして、魂から穢れとして取り除かれ、行き場を失った〝遺志〟は、果たして何処へ行くと思う」

そう言って、男は異形の伝令役――魔族と呼ばれる彼を指差した。

「答えはな、魔族の命だ。穢れは新しい生命としてこの地に根を張るのだ」

男の言葉は続く。

「魔族が人を恨み、憎み、殺しに向かう。その理由の全てがそこに帰結するのだ。魂から穢れとして取り除かれた〝遺志〟というものは、いわば憎悪の塊よ。怨嗟《えんさ》の声すら漏れ出るソレを基《もと》として生まれた魔族が、どうして人を憎まずいられようか？　だから、俺達魔族は人間を恨み続けているのだ」

「――――」

真摯《しんし》な眼差しを男に向けながら、伝令役の魔族が言う。ならばどうして、仇討ちに行こうとしないのか。そうも冷静でいられるのか。

人間とは、憎むべき対象ではなかったのか、と。

「お前の言葉はもっともだ。だがな、長く生きていれば嫌でも理解する。俺達の恨みには、限界があるんだ」

それこそが、今回勇者によって魔族の一人――魔将軍ゴルドを失ったというのに、男が動揺を見せるどころか、言葉一つで受け入れた理由であった。

「俺達魔族の恨みは、魂より取り除かれた穢れ分の恨みを返せば終わってしまう。中身の失われた器《うつわ》だけの存在になってしまう。だから、長く生きれば生きるだけ、空虚《くうきょ》になる。そして、死を求める。だから俺は、ゴルドを送り出した」

「――――」

成る程と、伝令役が神妙に頷く。

そして、今度は彼が質問をした。

「――――」

では、貴方様があの人間を助ける理由は何でしょうか、と。

「何を当たり前の事を聞く」

男は面白可笑しそうに笑いながら言う。

「姿形など些細な事でしかないだろう？　元より魔族自体が、真に何者であるか曖昧《あいまい》な存在なのだから」

人間の一部なのか。

はたまた、魔族という別の存在なのか。その真偽を判断出来るものは何処にも居やしない。ならば、

「判断材料など、境遇や心しかあり得まい？　不服ならばアイツの心に問えばいい。さすれば分かるだろうよ。アイツが、俺達の同胞《はらから》である、とな」

「――――」

それが、あの人間を助ける理由ですか、と伝令役は厳しい表情で今一度問いかける。

それに対する男の答えは――破顔であった。

伝令役は言う。

当の男には全く気にかける様子が見受けられない。

にもかかわらず、こうしてさも対等であるかのように問答《もんどう》をしていた。それこそが異常なのだが、

そもそも、伝令役の彼ごときに、男の言葉に反論する権利なぞありはしない。

言葉に乗せられた圧に身を竦《すく》ませながら、伝令役の魔族は首を左右に振る。

「不服か？」

「――――」

不服なわけがありません。

――魔王様、と。

「そうか」

本来ならば、そこで話は終わる筈だった。

魔王と呼ばれた男が、その受け答えをしたところで、終わる筈だった。

しかし、異形の魔族がもう一つだけ質問を付け足した事により、話は終わらなかった。

「――――」

どうして魔王様は、あの人間に執着するのですか、と。

「執着、執着か。お前には俺が執着しているように見えたか」

内容を吟味《ぎんみ》するように言葉を反芻し、確かめる。そして相好《そうごう》を崩し、面白可笑しそうに尋ね返した。

その返答は、小さな首肯《しゅこう》ひとつ。

「変なところに気付くのだな」

魔王と呼ばれた男は別段、怒る事もなくそう言って、伝令役の男を彼なりに褒めてみせた。

「執着、とはまた言い得て妙な言葉だ。確かに俺はあの人間《少女》に執着しているのだろう。お前に言われずとも、薄々ではあったがその自覚はあった」

「――――」

ならば尚更、どうしてなのですかと伝令役は言う。

「お前は少し、遠慮という言葉を覚えた方が良いな」

魔王は苦笑いを浮かべながら、優しい言葉で咎める。

すると伝令役は平伏し、すぐさま申し訳ありませんと許しを乞《こ》うた。

「まあ良い……理由、だったな。俺が人間《少女》を気にかける、その理由」

少しだけ悩むそぶりを見せる魔王。

そして眉根を寄せ、瞑目《めいもく》。

「昔の俺と重なったから、なのかもな」

様々な感情が込められたであろうその言葉を魔王が口にした時、閉じられていた目蓋《まぶた》は既に開かれていた。

「…………」

意味深な言葉だったが、今度は何故なのですかと問う声は聞こえてこない。

それはきっと、遠慮を知れという先程の忠告に留意しているからなのだろう。

殊勝な奴……。

などと思いながらも、魔王は少しだけ意地悪な問い掛けをする。

「質問を、しなくても良いのか？」

口角がほんの僅かに喜悦に歪んでいたのは、ご愛嬌《あいきょう》といったところか。

しかし、伝令役は縦に一度首を振るだけ。

「そうか……ま、あまり知り過ぎるものでもない、か」

魔王はそんな彼の選択を尊重し、表情に薄《うっす》らと貼り付けていた意地の悪い笑みを消してから一言。

「伝令ご苦労だった。もう下がって良いぞ」

それを聞き、平伏したままの状態を貫いていた伝令役は頭を上げる。そしてゆっくりとその場から離れて行った。

「なあ、ツェレア・ベイセスト」

魔王は名を呼ぶ。

この場にいない一人の少女の名を、物憂《ものう》げに。

「人間とはどうしてこうも、醜いのだろうな」

寂しげに、言う。

そこには何故か、自嘲《じちょう》が込められていた。

自責が混じり込んでいた。

5

風が、吹く。

まるでこれから何かが起こるぞと言わんばかりに、無風であった筈の場所に、ゴゥと音を立てて強風が吹き込み、私の身体を打ち据える。

「――今日は外にいたのね」

声が聞こえた。

それは、ここ数年ですっかり聞き慣れた友人の声。民草から女神と呼ばれるラナーである。

まるで転移でもしてきたかのように突然現れた彼女であったが、外にいる時は決まってこの登場の仕方なので、既に私は慣れてしまっていた。

だから、微塵《みじん》も驚く事はない。

「今日はどうしたの？」

「始まったから、教えてあげようと思って」

「魔王と勇者の戦いが？」

「……それ以外に何があるのよ」

ラナーが呆れる。

そりゃそうだ。私だってそれ以外に心当たりはない。

「じきに、此処へ兵士が殺到するわよ」

——貴女の未来予想図通りに、ね。

ラナーもラナーで、勇者と魔王が衝突すれば、万が一にも勇者に勝ち目は無いと捉えているらしい。それは女神としてどうなんだと言ってやりたくもあったけれど、彼女がこういう性格だと今までの付き合いから理解していた為、私が言葉にする事はない。

「知ってる」

他に責任を押し付けるしか能の無い愚王と王侯貴族共の性格からすれば、魔王に負けた責任の向かいどころは、神託を断った私の元しかあり得ない。

「大軍で押し寄せられたら貴女も無事では済まないでしょう」

此度の魔王との戦闘。その戦犯として選ばれるのだから、騎士団一個中隊が此処に押し寄せても不思議ではないと。

ラナーは言外に言ってみせるが、当の本人たる私は何の危機感も抱いてはいなかった。

「それとも、あの外れ切った魔王にでも守ってもらう予定だったのかしら」

ラナーはしばしば魔王の事を『外れた存在』であると評す。それは決して道を外れているという意味ではない。

女神と称えられる彼女の目から見ても、生き物として存在が外れ過ぎているという意味からくるものであった。

あの魔王は、如何《いか》なる戦場だろうが生き残ってみせる。それだけの武と知を持ち、生き物としての枠組みから外れ切っている。最早意思を持った災厄《さいやく》とさえ言えた。

「そんなわけないよ」

私も魔王の規格外ぶりは分かる。現に、今も頼ってしまっているぐらいだ。

だけど私は彼女の言葉を否定する。

何故ならば、

「そもそもこれは、私の復讐。私の為の、復讐なんだよ」

私の中で、不撓不屈《ふとうふくつ》の何かが轟々《ごうごう》と燃え上がる。どこまでもそれは——燃え盛る。

「手を借りるのは一度だけと決めてる。何もかもを頼れば、それは私の復讐じゃなくなってしまう。だから、その選択肢はあり得ない」

「じゃあどうするのよ？」

「そんなもの、決まってる」

風の音だけが響く寂然《せきぜん》とした世界。

妙に心地の好い静寂《せいじゃく》に身を委《ゆだ》ねる私は、スゥと息を吸い込み、満を持して言う。

そこで、ピタリと風はやんだ。

「……私が、この手で終わらせる」

その言葉に、ラナーは頬を僅かに引き攣《つ》らせていた。

私は全身から覚悟という名の圧を放ち、世界を揺るがす。

「きっと向こうは、私は殺せない人間だと思い込んでる」

当たり前だ。

殺せるタイミングで私は誰一人殺さなかったのだから。その事実があるから、彼らは私を侮《あなど》っているだろう。そこに、つけ込む隙がある。

「本当の戦渦《せんか》はここからなんだよ、ラナーッ！！」

私は叫ぶ。

万感の思いを込めて叫び散らす。

「その為の七年だ。その為に、私は生きてきた」

何度も言うようだけど、私にはそれしかないんだよ。そう彼女の心に刻みつけんと、私は同じセリフを口にする。

「主役は私だよ。だったら、私が動かないでどうするの。私が他の誰かに頼り切りでどうするの。そうは思わない？　ねえ、ラナー」

6

「――勇者が魔王に敗北しただとッ⁉」

王の怒号が飛ぶ。

ふざけるなという憤懣《ふんまん》がこれでもかと込められた叫び声。それに気圧されたのか、「勇者一行が魔王に敗北し、命からがら逃げ果《おお》せた」という報告をした伝令役は、ガタガタと身体を恐怖に震わせていた。

「……お主、それが何を意味するのか、分かっておきながらの言葉であると捉えて良いのだな？」

悪逆非道な行為を繰り返す魔王を排除し、太平の世を取り戻す。

此度の魔王討伐は、そのような名目を掲げての行為であった。

しかし、その裏には政治的駆け引きも存在しており、国王の嫡子《ちゃくし》である王太子が恙《つつが》なく王位を継承する為の実績として扱うつもりだったのだ。

他国は勿論、自国に対しても、「王太子は王としての資質に問題なし」と知らしめる為の魔王討伐。それが失敗したともなれば――。

「わ、分かっております‼　ですが、此度の魔王討伐は殿下に問題はなかったのです‼」

他の要因があって魔王討伐を成せなかったのだと言って、伝令役は保身に走る。

「女神からの神託では勇者は三人選ばれていました……しかし、実際に向かったのは二人だけ。人数合わせとして腕利きを一人連れてはいましたが……やはりそこに要因があったのでしょう」

「ほう？　続けよ」

「はっ。ですので、此度の討伐失敗の責は殿下にはありません。誉《ほま》れ高き勇者という役目を負いながらもその任を放棄したあの女にあるのです」

「ツェレア・ベイセスト、か。ならばどうする？」

「あの女の首を以《もっ》て、今回の討伐の失敗については納得して貰う他ないでしょう。民衆の前で、彼らが納得出来るだけの理由を並べ立てた上で斬首に処す。その理由がたとえ根拠のないものであったとしても問題はありません。何せ幸いにも、ツェレア・ベイセストといえば悪業ばかりの毒婦《どくふ》ですから」

　これ以上ないほどに都合の良い存在ではありませんか。と笑みを深める使者に呼応するように、王も頬を緩める。

「よかろう。そこまで言うのならば、その通りに事を収めろと他の者にも伝えるが良い」

「ははっ。ありがたき幸せ」

　それだけを告げ、使者の男はその場を後にしようとする。

　そこへ、王は忘れていたとばかりにもう一言、男に投げかけた。

「ツェレア・ベイセストは以前、勧誘を行った際に勇者の側付《そばつ》きを一瞬で無力化したと報告を受けたが……」

「ご心配には及びません。今回、ツェレア・ベイセストの身柄確保には王国直属の騎士団一個中隊を派遣《はけん》いたします。殿下の評判を二度も汚した悪女を裁く為と言うと、彼らも二つ返事で頷いてくれましたよ」

「ほうほう！　そうかそうか。万事抜かりないと言うのならば、我から言う事は何も無い。良い報告を待っておるぞ――」

＊＊＊＊＊

「いやあ、凄い顔ぶれだね。騎士団長さんに、貴方は最近噂の天才騎士さん？　あ、貴方は東方《とうほう》の剣術を修めたっていう……」

ラナーとの邂逅《かいこう》から数日後。

私の家の前にぞろぞろとやってきた騎士団――その数、二百人ほどだろうか。

眼前に広がる景色は、人、人、人。

気持ちいいくらいに敵意を向けられながら、私が前列に立つ者達の顔ぶれを物色《ぶっしょく》している折。

酷く平坦な声が私の鼓膜を揺らした。

「ツェレア・ベイセスト殿。貴女にはとある嫌疑《けんぎ》がかかっております。御同行願えますか」

「嫌だね」

「……御同行頂けないのであれば、武力行使もやむを得ません」

そこで、場に静寂が訪れる。

私の思考は、少しだけ硬直していた。

この程度の脅しが通用すると思っている連中の滑稽《こっけい》さに。そして、あまりにもシナリオ通りに進んでいる事への戸惑いに。

けれど、それも一瞬。

張り詰めた空気はとあるキッカケにより、容易《たやす》く霧散《むさん》する。

「……はは。あははっ」

そのキッカケとなったのは――私の微かな笑い声。

脅されているのは私。

選択を迫られているのも私。

騎士二百人ほどに囲まれているのも私。

笑う要素も、笑える筈もないというのに、私は満ち満ちた心地で笑い声を上げる。

そして、場に殺気が満ちていく。

「武力行使、かあ。武力……武力ねえ。あははっ。はははははッ。はっはっはっは!!」

この場にあまりにも似つかわしくない哄笑はやむ事を知らず、いつまでも響き渡る。そう思われた刹那、私が騎士団長さんと呼んだ男が、剣の柄に手を掛ける。しかしその瞬間。

「――――何その冗談。笑えないいいいんだけど」

言葉に乗せた私の殺意が、場を一瞬で呑み込んだ。

息がつまるほどの圧迫感。

けれど、私にとってはその感覚がどうしようもなく心地好い。

私は最早、ツェレア・ベイセストであっただけのナニカだ。得体の知れない不明瞭なナニカだ。

「復讐に死ぬ」を道理として臓腑《ぞうふ》の裏まで刻み込んだ、救いようのない阿呆《あほう》。それでいて、そこに何の呵責《かしゃく》も抱いていないのだから、度し難いという他ないだろう。

そんな私が、殺意と敵意が飛び交うこの状況に対して怯える筈がない。

むしろ逆だ。救いようのない邪心を背負う私だからこそ、この状況を前にして口の端を吊り上げる。凄絶に、酷薄に、残忍に、狂気に。

言ってしまえば、それが私の宿痾《しゅくあ》だから。

騒《ざわ》めく声など全て黙殺だ。関係ない。

ザッ、と大地を強く踏みしめるこの音こそが、彼らに対する私の答え。

嗚呼、そうだ。お返しをしよう。

殺意には殺意を。敵意には敵意を。

そのお返し《復讐心》こそが、今の私の根底に据えられた絶対的な意志なのだから。

「今更御託《ごたく》なんて要らないよね」

そう告げるや否や、私は姿を揺らす。

そこに不審な挙措《きょそ》は存在しない。構えすら無く、一瞬で臨戦態勢に移った私は、

「――消え……ッ⁉」

隊の頭《かしら》であろう騎士団長さんの前に、刹那に移動を遂げていた。

「バイバイ」

私は右腕で彼に殴りかかる。

その時、私の顔からは、感情全てが抜け落ちていた。笑いも、憤怒も、何もかもが抜け落ちた能面のような面差しで、騎士団長さんを見据えていた。

そこに異常でも感じたのか、彼は動かない。

一瞬の出来事に、何が起こったのかを正しく理解する事が叶わず――動けない。しかし、

「――お前がな」

割り込む声がひとつ。

それは、私が天才と認識していた一人の騎士だった。彼だけは私に対して油断していなかったのだろう。せせら笑いながら私と騎士団長さんの間に割り込み、剣を差し込んでくる。その間に、騎士団長さんは距離を取った。

天才くんの表情には、私に対するほんの僅かな賞賛が見えた。恐らく驚嘆しているのだろう。瞬時に肉薄したこの速さに。

しかし、自分には及ばない。まずはその腕を刎《は》ねさせて貰う。

……彼の考えはそんなところだろうか。

「へえ？」

私の右腕と、天才くんの剣が交錯し――虚しく鉄の音と火花が散った。

「なっ――ッ!?」

「残念。生憎《あいにく》と私の右腕は義手でね」

そこで全てを察したのか、天才くんの顔が目に見えて歪む。

そりゃそうだ。

一瞬の隙が命取りとなる戦場において、攻め方を誤る代償はあまりに大きい。

「私の前に立つのなら、鉄鎧《てつがい》を身に付けるべきだった」

私は刹那の間に抜刀。左手で振り抜いた剣が天才くんの首に鮮紅《せんこう》の線を描き、断末魔《だんまつま》の叫びすらなく血飛沫《ちしぶき》が上がる。

「よくも――ッッ!!」

次に吼《ほ》えたのは騎士団長さん。

でも、私に単身で向かってくるだなんて、あまりに愚かしい。

「こんなに人数用意して押し掛けてきたくせに、逆上なんて笑わせる」

呆れ交じりに私は、崩れ落ちる天才くんから騎士団長さんに視線を移す。

そして、天才くんが割り込ませていた剣を掴み取り、力任せに投擲《とうてき》。

その攻撃は難なく躱《かわ》されるも、

「はい。二人目」

彼が躱《かわ》した先に待ち受けていたのは、再度、恐るべき速度で距離を詰めた私による斬り上げ。

臓腑ごと斬り裂き、一撃のもとに絶命——させる筈だったのだが、

「な、めるなッ——!!!」

投擲《とうてき》された剣を避ける為に曲げた身体を、彼は強引にまた逆に捻る。それは常人ではあり得ぬ挙動であり、苦悶の表情が浮かんでいた。

恐らく、今の動きで幾らか筋が切れた事だろう。

流石は騎士団長の地位を与えられているだけの事はある。でも、それだけだ。

私は剣を振るった勢いを利用し、一回転。すぐさま、回し蹴りを騎士団長さんの首元に叩き込もうと試みて……中断。

踏鞴《たたら》を踏むように後退した。

「面倒臭そうな人を一人殺せたし、まあ上出来、か」

私が退がった理由は、全員に知覚されてしまったから。一呼吸の間に天才くんと騎士団長を始末するつもりだったのだが、存外、私の元に遣わされた騎士団は優秀だったらしい。

己の長《おさ》が窮地《きゅうち》と知るや否や、一斉に私に攻撃を仕掛けようとしてきていた。

「私に対して交渉の余地は、何処にもない。連れて行きたきゃ、手足を斬り落として連れて行くんだね」

ただ——。

「だけど、貴方達がそれを出来るかは別問題。今回は、殺さないなんて生温《なまぬる》い事はしないから」

私はぶんっ、と己の得物《えもの》に付着した血を払う。

ぴしゃりと円弧を描いて血が大地に落ち、鮮明な死臭が辺りに漂い始めた。

「生け捕るなんて甘い事を考えてるのなら——全員死ぬって思った方が賢明《けんめい》だよ？」

国民への言い訳の為。

王太子の為。責任逃れをする為には、私を生贄《いけにえ》にし、処刑するくらいしか方法は無いだろう。

だからこそ、彼らは此処で殺してしまうのは拙《まず》いと考えている筈だ。元より、殺すなと厳命されている筈だ。

しかし、殺す気でなければまず間違いなく殺されてしまう。

何せ、あの天才と呼ばれた騎士があんなにも呆気なく……。

そんな彼らの思考が手に取るように分かり、私は笑う——嗤《わら》う——哂《わら》う。

「ふ、ふふ、あははっ。あはははははははっっ‼　長かった。本当に長かった！　私は、この瞬間を七年待ち焦がれたッ！！！」

花も恥じらうような令嬢だった私がここまで壊れられたのは、あの出来事があったから。

あの王が、王太子が、貴族がいたから。

だから、だから、だから!!

「だから――ッッ！！！」

指が震える。

歓喜に心が躍り、体の芯から熱さが込み上げてくる。口元が歪む。どこまでも、醜く歪む。

「――私は全員殺す。まずは貴方達から」

「な、ぜだ」

声が聞こえた。

それは騎士団長さんではない、他の誰かの声。

血を吐くように漏れ出たそれは、まごう事なき悲痛の声であった。

「それだけの力を持っていながら、何故お前は魔王討伐の任を拒んだ!!　何故我らに敵対している!?　お前は討伐の任を請け負い、罪を償《あがな》うべきで、」

「何も知らない奴が知った風な口聞くなよ……ッッ!!」

それは私の神経を逆撫でする言葉。私の怒りの引き金を引く言葉。

無神経であり、無知。それを聞いて湧き上がる憤怒を抑えろというのは、無理があった。

「……私が剣を振るう理由は、お前らを殺したいからだ。憎い憎いお前達を壊したいから。この間違った世界を粉々に砕きたいから」

剣に込めているのは、滾《たぎ》る憎悪と憤懣《ふんまん》。

それ以上でも、それ以下でもない。

ましてや、憎悪を向けるべき相手を守るだなんて、あり得ないにもほどがある。

「……どうかしている」

どうかしている。

嗚呼、嗚呼。たしかにその言葉は、これ以上なく的確に私を言い表している。だけど、ここまで壊れたのはお前達のせいだろうがと、心の中で怒り、一層表情が憤怒に歪む。

「――は、はは。ははは……あはははははは……!!」

私は、笑う。

感情の箍《たが》が外れたかのように、笑う。

その様は正しく――狂者《きょうしゃ》。

けれど、そうでもしないと自分が自分でなくなってしまいそうだった。今ここで笑わなければ、何もかもが瓦解《がかい》してしまう自信があった。

「お前達に、それを言う資格はないだろうが……ッ!!」
その瞬間、私の口がある言葉を続けようとする。
けれど、やめろと言っていた。
私の中のナニカが。
思いとどまれと訴えていた。
本来の私が。
それだけは口にするべきではないと引き留めていた。
この復讐を遂げると決めた過去の私が。
言うな。口を閉じろ。まだ引き返せる。
今なら、まだ――――。
でも、もう止まらなかった。
私の口は、閉じてはくれなかった。
「……私の冤罪《えんざい》を信じてくれていた妹までも殺したお前達が……ッ」
ずっと、ひた隠しにしてきた想い。
女神ラナーや、魔王の前ですら、私はこれを口にした事はない。
何故なら、それを理由として復讐する事を、妹は。

カレン・ベイセストは望んでいないだろうから。

だから私はその想いを汲んだ。

私が復讐する理由は、私に対しての不条理な冤罪故であると、ひたすらに言い聞かせ続けてきた。

そこに、カレンは関係ないと言い続けてきた。

なのに、言ってしまった。

耐えきれ……なかった。

「妹、だと？」

……私には、たった一人の妹がいた。

私に懐いていた掛け替えのない妹が、いた。

当時の私は知る由《よし》もなかったが、私が国から追い出された後、カレンだけは直訴《じきそ》してくれたらしい。ツェレア・ベイセストはそんな事をする人ではない。何かの間違いだ、と。

そんなカレンの最期《さいご》は、あまりに残酷だった。

——罪人をひたすら庇《かば》おうとするその様から、正気を失った呪われた人間として、貴族連中の誰かに惨殺《ざんさつ》されたのだとか。

その事実を知ったのは数年も経ってからの事だけれど、私の復讐が確固たるものに変わったのは、紛《まぎ》れもなくそれが契機であった。

「……もういいや」

話す事はもう何もない。

そう言わんばかりに、私は憎しみのような、悲しみのような、憐れみのような、諦念のような。

そんな拒絶の瞳で彼らを見据える。

「そうだった。なんで私、忘れてたんだろう。お前達のような人間《畜生》と話してても虫唾《むしず》が走るだけなのに……だから、もう喋らなくていいよ」

「なに、を――」

――するつもりだ。

誰かがそう問うより早く、周囲を異変が包み込む。言葉に出来ない違和感が渦巻いていた。

「広がれ―― 〝蒼き剣群《エ・スパーダ》〟」

きっと誰もが勘違いしている。

でも私はあえて訂正しない。

何故ならその方が私にとって都合がいいからだ。

私は、『魔の森』に初めに訪れた際、剣なんて振るった事は一度もなかった。

私は――魔法を使って生きてきたのだ。唯一、貴族令嬢だった頃に教え込まれた魔法、それひとつで生きていた。

けれど、魔法はずっとは使えない。

魔力が尽きれば魔法を使う事は叶わない。だから、私は『魔の森』で生きていく中で、剣の腕を磨《みが》く事にした。

私にとって剣とは、魔法の代用品だ。

魔法だけでは生き残れないから執《と》っただけ。

そして意外にも、剣を扱っていれば、敵は勝手にこいつは剣士なのだと誤認してくれる。剣しか扱えない奴なのだと。

だから私はそうして生まれた大きな隙に、嬉々として己の魔法を容赦なく叩き込む。

それが私の本来の戦闘スタイル。

〝蒼き剣群《エ・スパーダ》〟という言葉に反応し、一瞬で私の足下どころか、あたり一帯に大きく展開された青白い魔法陣。

「〝蒼き流星の如く────」

そこからずずずと這い出るように、鋭利《えいり》な刃を覗かせる蒼い剣。

「ま……ずいッ!!　総員ッッ!!　盾を構えろおおおおおおォォォッ！！！」

私が何をやろうとしているのか。

いちはやく理解した騎士団長さんの叫び声が響き渡るも、

「――刺し穿《うが》て〟」

死んでくれ。消えてくれ。私の目の前から失《う》せろ。いなくなれ。

そんな想いを込めて言い放つ。

死ね死ね死ね死ねと際限なく怒鳴りつけるように、青白《せいはく》の言葉なき暴虐は顕現《けんげん》する。

這い出てきた剣は切っ先を騎士達に向け、目にも留まらぬ速さで対象へと飛来。騎士達は一撃のもとに絶命し、広がる一大酸鼻《さんび》。

そこに手心など、ある筈もなかった。

鼻腔《びこう》をくすぐる鉄錆《てつさび》と――肉塊による刺激臭。思わず顔を引き攣らせてしまうであろう異臭が、あたり一帯に広がった。

「ツエレア、ッ、ベイセスト……!!」

血の海に身を浸からせ、片膝をつきながらも、己の身体を刺し貫く〝蒼剣〟を強引に引き抜きながら、男は哮《たけ》る。その身体は小刻みに震えていた。

それが血を失った事によるものなのか。致命傷を負ったからなのか。相手にすらならなかったという忸怩《じくじ》たる思い故なのか。その真意を知る術を私は持ち合わせていない。

「な、ぜッ!! 私を殺さなかった……ッ」

他の騎士達は、〝蒼剣〟に心臓を刺し貫かれるか、頭部を容赦なく斬り刻まれて屍《しかばね》と化していた。

ただ一人――騎士団長である彼を除いて。

「なんでだと思う？」

砂を擦りながら、私は静謐《せいひつ》に歩み寄る。私に焦点を結んだ騎士団長さんの視線を、柳に風と受け流しつつ問い返す。

死にかけの人間による眼光を誰が怖がろうか。

「話す事は何も無いと言った。でも、それは無駄な時間を過ごす事が嫌だっただけ。こうして一方的に話せるのならその限りじゃない」

どくどくと身体の至る所から流血が見受けられる。あと一時間もすれば勝手に野垂《のた》れ死《じ》ぬだろう。思わずそんな感想を抱いてしまうほどの出血量であった。

「貴方の質問ではなかったけど、質問に答えよっか……どうして、ここまでの力を持っていながら魔王討伐の任を拒んだのか。どうして貴方達に敵対するのか……簡単な事だよ。私は貴方達を殺す為に力を付けた。魔王討伐の為でも、生まれつき持っていた天性の才能でも何でもなく、これは貴方達を殺す為に付けた力だ。だから、拒んだ。だから、こうして敵対してる」

「そ、れは」

「貴方は知ってるよね……私が冤罪で国を追い出された事を。上層部の人間は分かってた筈だ。私が協力なんて死んでも御免だって事は。だからこうして騎士を仕向けた……私を捕らえて殺す為に」

「…………」

「別にそれを責めてるわけじゃない。私だって殺そうとしてるんだから。何もかも、全部。国も、人も、王族も、例外なく、全部。だから、おあいこ」

「き、さま……!!」

何を馬鹿な事を言っているのだと、生気の薄れつつある瞳で睨《ね》め付けられる。けれど、私のこの想いが変わる事は金輪際《こんりんざい》あり得ない。

「……私はこの国を壊したいから剣を執った。その事実に間違いはない。けれど、私は何より王族を殺したいんだ。あそこでふんぞりかえったクソ共を殺したいんだよ騎士団長さん。そこを勘違いしちゃいけない」

そして。

「貴方は私に負けた。油断をしていたのかもしれない。でも貴方は負けてしまった。だから、私の言葉を否定する資格はもうないんだよ。政治は権力のある者が正義であり、他はすべて敗者として扱われる。戦場では、勝った者が正義として扱われ、敗者は皆、悪として語られる。つまり……そういう事」

その摂理に従うように、私は追い出された。

だからこそ、誰よりも私がその摂理を身を以て理解している。

「私の存在こそが、あの国の罪だ。そしてあの王族の罪でもある……罪を償うべきは貴方達の方。でも、安心して。私は公平だから」

愉悦《ゆえつ》に――嗤《わら》う。

きっとそれは醜悪過ぎる笑みだろう。

王族《彼ら》の事を考えると、壊れ切ってしまった私自身の感情が、否応なく前面に押し出されてしまう。

「……だから、殺すのかッ」

「そうだよ？」

「……分かって、ない。貴様は、分かってない。王族という存在がどれほど――」

「悪いけど、」

ギシリ、と大気が軋む音が聞こえた気がした。

睨み殺さんばかりの圧を以て、私は言葉を紡ぐ。

「私は全て殺す覚悟で剣を執ってる。この場に立ってる。この計画を実行に移してる」

「なっ――」

「だから、戯言《ざれごと》はよしてよ騎士団長さん。言ったでしょ？　私は全てを殺したいんだ。何もかも、壊したいんだよ」

そこで私は、手にしていた己の剣を騎士団長さんの首元に添えた。

「貴方は弱かった。だから死ぬ。そこに言い訳は通用しない」

「……そう言って、王族すらも殺すのか」

「何言ってるの？」

面白い問いに、私は言う。

——そんなの、当たり前じゃん。

首元で刃が翻《ひるがえ》り、鮮血がピシャリと虚空《こくう》を赤く彩った。

「全てを殺すと誓ったからこそ、私はこの場にいるんだよ」

……そもそも、私が血を吐くほどに殺してやりたいと渇望《かつぼう》していた対象は、他でもない王族なんだから。

風に攫《さら》われてしまうほどに小さな私の呟きは、騎士団長さんだったものに向けられていた。

けれど、言葉が返ってくる事はもうなかった。

7

「……な、んだアレは……」

しわがれた声で紡がれる。

小さく発せられたその言葉は、口にした本人の鼓膜のみを揺らす。眼前のあ、り、得、な、い、光景を前に、男は声を震わせていた。

身を竦ませ、あり得ないとうわ言のように繰り返し続けていた。

「何故、一介《いっかい》の貴族令嬢でしかなかった者がロウファンを相手取れるッ⁉　一方的に殺す事が出来るッ⁉　どうしてこうも……ッ」

ツェレア・ベイセストが一方的に首を刎ねた騎士団長は名を──ロウファンと言った。

その武勇は他国までも轟《とどろ》いており、もし此度《こたび》、ツェレア・ベイセストがまごう事なき化け物であるという前提知識があったならば、健闘出来ていたかもしれない。そう思わせるほどの武人であったのだ。

「……いや、今はそれどころではない。これを、早く報告しなければ」

──この場に居合わせた事は、本当に僥倖《ぎょうこう》だった。

そう言葉を漏らし、男は立ち去ろうと試みるも、

「──それはダメよ」

一つの人影が立ち塞がった。

ツェレア・ベイセストと騎士達の闘争を遠くより目にしていた男は、すぐ側から聞こえてきた声

に、驚愕のあまり血の気が引いた。

——コイツは、何処から湧いて出てきた？

そんな当たり前の疑問。

しかし、それを口にはしない、否、する余裕がなかった。

何故ならば。

「……これは、どういう事だ。なんでこんなところに、女神像と同じ顔の奴がいる……？」

男の目の前に現れた人物とは、ツェレア・ベイセストの友人の一人——女神ラナーであったから。

「これはあの子の為の舞台。余所者《よそもの》はお呼びじゃないのよ」

しかしラナーは男の質問を黙殺し、言葉を続ける。それ即《すなわ》ち、答えるつもりは無いという意思表示に相違なかった。

「それとも、何かしら？　貴方達の国も滅ぼされたいの？」

「……ッ⁉」

ラナーの一言を境に、ズシン、とあたりの空気が鉛《なまり》のように重さを増す。

突然のしかかったその重圧、その異様さに、男の身体はビクッと大きく揺らいだ。

これは、冗談の類ではないと一瞬で理解させられてしまう。そして、たった一言で分かってしまう。目の前の女《コイツ》もツェレア・ベイセストと同様の化け物の類である、と。

そもそもこれはなんだ。

女《コイツ》は一体誰だ？

男はそんな自問自答を胸中で始めるも、状況から見て、この女性もツェレア・ベイセストの仲間、もしくは関係者であるくらいの答えしか出てこない。

「それは、嫌でしょう？　だから、何も見なかった事にして立ち去りなさい」

「……断ると、言ったら」

その返答に対し、ラナーは一度だけニコリと微笑む。それが答え。

酷薄なまでに冷え切った笑顔こそが答え。

だらりと流れる冷や汗に、男は身を震わせる。

これは首を突っ込むべきではない、と本能が男に対して必死に警笛《けいてき》を鳴らす。

しかし、だ。

目の前の人間はあくまでも、女性。

得体の知れない何かを感じ、気圧《けお》されはしたものの、男女の膂力《りょりょく》の差は歴然。

加えて、お世辞《せじ》にも戦闘が得意とは思えない、華奢《きゃしゃ》な体つきをしている。

……先程の得体の知れない何かは、こちらを脅す為のもの。実際はハリボテでしかないと男は判断し、腰に下げていた剣の柄を握る。

鞘から剣を抜くと同時に響く、乾いた金属音。

それが男の答えであった。

「そう、残念だわ」

毛程もそうは思っていないのか。

表情に、言葉通りの沈痛な様子は一切見られない。

「じゃあ――」

何かが来る。

そう判断した男が身構え、『ナニカ』に備えようと試みるも、

「――死んで貰える？」

だらりと首を曲げ、ラナーは絶佳《ぜっか》の美貌《びぼう》を男に向ける。

しかしながら、その表情はあまりに――残忍に歪められていた。

そしてその言葉が、始動の合図となる。

「馬鹿、がッッ!!」

来るタイミングさえ分かってしまえば後はどうにかなる。男はそう言わんばかりに、仁王立《におうだ》ちをするラナーに向かって哮《たけ》るも、続いた言葉は、

「ぁ、がッ!?」

苦悶に濡れた悲痛の声。

男の足下に広がるは青白の魔法陣。

下に視線を落とすと、そこには一切の隙間なく剣群が顔を覗かせていた。

「……こ、これは」

見ていたから分かる。

ツェレア・ベイセストによる蹂躙劇《じゅうりんげき》を見ていた男は、ソレを知っていた。

これは、先程ツェレア・ベイセストが使っていた魔法――〝蒼き剣群《エ・スパーダ》〟である、と。

「意外でも何でもないわよ。だってそれ、私がツェレア《あの子》に教えてあげたんだもの」

そして、男の足が剣に刺し貫かれ、身動きが出来なくなった事を確認してから、ラナーは彼に歩み寄る。歩調はゆっくりと。殊更《ことさら》にゆっくりと。

「記憶は消させて貰うわ。貴方のここ数日の記憶を丸ごと全部ね」

「……殺さないのか」

「本当に殺すとでも思ったの？　そんなわけないでしょうに。だって、課報役《ちょうほうやく》の貴方を殺せば怪しまれるでしょうから。この国の王太子――ガゼル・ドラグナードの二番目の婚約者であるシフィア皇女《こうじょ》の母国に、ね」

「何処まで、お前は知ってるんだ」

「さぁ？　ただ、それは貴方が知るべきではないという事だけは確かね」

そう言って、ラナーは男の額《ひたい》に手をかざす。

「シフィア皇女を、ツェレア《あの子》に殺させたくはないの。最後まで、あの馬鹿王子との婚約を拒み、ツェレア《あの子》の存在を立てていた子だから」

シフィア・レリクス第二皇女。

それがツェレア・ベイセストの元婚約者であるガゼル・ドラグナードの、現在の婚約者であり、ツェレアが謂《いわ》れのない罪を着せられ追放された出来事に、間接的に関わった人物でもあった。

「……殺させたくない、だと？」

「そう、殺させたくないの。だから、貴方達に首を突っ込まないで欲しいのよ。お分かり？」

「ま、て……!!」

ラナーはこれ以上話す気は無いのか、男の額にかざしていた掌《てのひら》に魔法陣を浮かべて、男の意識を刈り取りにかかる。

「でも、安心なさい。ツェレア《あの子》はこの国を壊したいだけ。そして私はその手伝いをするだけ」

余計な節介を焼いて首を突っ込もうとしない限り、飛び火する事はないと言外にラナーが言う。

「何故!!　何故お前はそれを手伝うッ!?」

己に時間はないと悟っているのだろう。

問い掛ける男に、余裕といったものは存在していなかった。

「何故……何故、ね……」

そう問われ、ラナーは想いを馳《は》せる。

現在、己が手を貸しているツェレア・ベイセストの姿を脳裏に浮かべていた。

そして、幻聴が彼女の鼓膜を揺らす。

ツェレア・ベイセストを想うたびにやってくる、心に棲まう復讐者の嘲笑う声が聞こえた。

誰からも見捨てられた一人の少女が嘲笑う。

そして、国を救う為だからと生贄《いけにえ》に捧げられ、殺された挙句――『女神』などと称えられるようになってしまったかつての少女は、率直に答えを紡いだ。

「何処か私に似てるから。ただそれだけよ」

『私は誰も頼らない、誰も信じない、誰も許さない。全員が敵だ。誰も彼もが敵だ……私は私だけを信じて、私の為だけに動いて、私の為に、アイツらに復讐する。そこに私以外は必要ない』

それはラナーとツェレアが初めて出会った時の会話。何もかもを拒絶していたツェレアの態度はまだ記憶に新しい。

「似てるから、だと？」

「そうよ？ そもそも、私自身が綺麗《きれい》な存在じゃないんだもの。『女神』なんて言われてるけど、果たしてどれほどの人間が『女神』の何たるかを正しく理解してるのかしらね」

『女神』とは産物だ。

――生贄の、産物なのだ。

誰かの都合で、勝手に、一方的に殺された少女の成れの果て。それが『女神』なのだ。

だからラナーは似ていると言った。

誰かの都合で人生を狂わされたところが、特に己と似ているとして感情移入し、こうして手を貸しているのだ。

「女神……ッ、や、はり……ッ」

「この世界において、力を手にしている連中は総じてろくでなし。他でもない私が断じてあげる。そしてそいつらは総じて一生かけても拭《ぬぐ》いきれない過去を胸に抱いているの。因業《いんごう》、とでも言うのかしらね」

その言葉は、女神であるラナー。

復讐に身を堕《お》としたツェレア・ベイセスト。

そして、魔王。その三者に共通して言える事でもある。

「だから、理解が出来る。だから、共感が出来る。だから、こうして手を貸そうと思える。何故なら私達には、それほどまでに深く心の奥に刻み込まれた共通点があり、どうしようもないまでに同情してしまうから」

「……はっ、女神ともあろう者が――」

そんな馬鹿げた思考をしていたとはな。

そう男が呟こうと試みるが、その言葉を紡ぎ終わるより先に、

「がッ、ぁぐ、ぎッ‼」

男の肢体を数本の青白の剣が無言で貫いた。

「女神だから？　何それ。私は私。私は私の為に、私のやりたいようにやるだけ。だから貴方ごときが私に口を出す権利はないの」

その言葉を最後に、男はふらりと身体を揺らし、膝から崩れ落ちる。

「力が無ければ、使命だろうが信念だろうが、何も貫き通せない。覚えておいて損は無いと思うわよ」

――……と言っても、もう聞こえてはいないでしょうけど。

足下に広がっていた〝蒼き剣群《エ・スパーダ》〟は既に鳴りを潜めており、更地《さらち》となった地面に男は静かに倒れ伏していた。

「……さて。面倒な事になってきたわね」

視線は倒れ伏した男に向けたまま、ラナーは煩《わずら》わしそうに言葉を紡ぐ。

「私の目から見ても、ツェレア《貴女》の予定は完璧だった。でもそれは、この世界に、この国しかないと仮定した場合の話……早くしないと手遅れになるわよ」

女神とは、しがらみの多い存在だ。

……だからこそ、表立って手伝う事は出来ないでいた。それこそ、神託を下して魔王討伐要員の一人に指名するか、こうして陰ながら助ける。

それくらいがやっとだ。否、それくらいしか出来ないのだ。

ラナーはちらりとツェレアのいる方向を一瞥《いちべつ》して、倒れ伏す男に掌を向けた。

「〝転送《リターン》〟」

転移の魔法――〝リターン〟。

ツェレアの近く《ここ》に居てもらっては困るからと、ラナーは男を何処かへ転送せんと試みる。そして薄い膜に包まれるが早いか、男の姿は目の前から掻き消えた。

「あいつらをどうにか出来れば……」

こうして、こそこそ動く必要もなくなるのにと口にする。そんなラナーの脳裏に浮かんでいたのは、とある戦闘集団。

名を――〝執行者〟。

女神とは、破綻《はたん》した存在である。表向きは偶像であり称えられる存在だが、その実、腹の中は復讐心をはじめとした黒い感情で埋め尽くされている。ラナーも、そして先代の女神も。

しかし、いかに破綻した存在であったとしても存在しなければならない理由があるのだ。それは女神が代替わりを繰り返す存在であるが為。

代替わりをする時期は決まって——先代の女神が暴走し、抑止《よくし》の為に殺されてしまった時。

その役割を果たすのが〝執行者〟と呼ばれる存在であった。彼らは女神抑止に対してのみ特化した力を持つ存在であるが故に、それが出来てしまう。

ラナーもその対策はしているものの、相手を殺し切る、もしくは自分が逃げ切れる自信がないからこそ、こうしてこそこそと行動するに留めていた。

「……いいえ。今回は、元からあまり私が手を貸すべきではない」

『そもそもこれは、私の復讐。私の為の、復讐なんだよ』

ツェレアの言葉が思い起こされる。嗚呼、そうだった。これは、この復讐はツェレア《あの子》のものだ。私が、必要以上に手を出してはいけないものだ。

「これを考えるのは、もしもの時でいい」

世界の何処かに存在する教会所属の戦闘集団——〝執行者〟を呼び寄せるリスクを背負ってまで介入するか否かを考えるのは、もしもの時でいい。

「だから今は、」

優しげな笑みを浮かべ、ラナーは言葉を口にする。

「まだ、このままでいさせて貰うわ」

吹き込む微風が頬を撫で、風に乗ってやってきたのか、次いで鉄臭い鮮血の臭いがラナーの鼻腔《びこう》をくすぐった。

それじゃあ、死体の後処理でも手伝ってあげようかしら。

そんな事を思いながら、ラナーは足を進める。

自分自身は勿論、魔王も。ツェレアも。

三者ともに敵が多いなと思いながら歩く彼女は、小さく笑う。

面倒な星の下に生まれてしまったものよねと、自身と同類の者達へ人知れず思いを馳せていた。

8

「……もう、七日になる」

燻《くすぶ》る怒りが込められた王の一言が、静寂に包まれていた城の一室に響いた。

側に控える臣下は主の憤怒の度合いを察してか、誰もピクリともしない。

飛び火を恐れ、誰もが口を閉ざしていた。

「あやつは今、何をしておる」

「あやつ」が指すのは恐らく、ツェレア・ベイセスト捕縛《ほばく》の任を負っていた騎士団長――ロウファン。

誰もが理解し、そして疑問を抱いていた。

あの律儀なロウファンが任務をすっぽかすわけがない、と。加えて、実力は折り紙付き。

令嬢崩れのツェレア・ベイセスト捕縛の任如きで、何か予期せぬ事態に見舞われるとはとてもじゃないが思い難い。

「誰か答えんかッッ!!」

癇癪《かんしゃく》を起こし、王はまたも怒声で場を包み込んだ。

そんな中、静かに挙手する者が一人。

「僭越《せんえつ》ながら……父上」

現国王の嫡男《ちゃくなん》であるガゼル・ドラグナードだった。

「ツェレア・ベイセストの捕縛に向かった、騎士団長含む騎士団約二百名、丸ごとその行方《ゆくえ》が知れないとうかがっております。これは、何かがあったと言わざるを得ないでしょう」

「……ならば何があったと言うのだ？　答えよ」

「はっ……僕個人の意見としましては、ツェレア・ベイセストが魔王と繋がっているのではと考え

ております」

——なっ⁉

ざわり、とその発言に場が浮足立つ。

生まれた動揺は大きな波となり、沈黙を貫いていた筈の周囲の人間達の口まで開かせた。

「……理由は」

「当然の事実として、あり得ないのです」

「何がだ」

「あのロウファンが後《おく》れをとるなど、あり得ないのです。それに、天才と名高い騎士——ユレスも含め、腕に覚えのある者が複数人同行しておりました。あの中隊騎士団がまとめて行方知れずになるなど、それこそ魔王の仕業としか思えないのです」

『……たしかに』『言われてみれば』『魔王の仕業であれば、納得もいく』

そんなガゼルの発言に同調する声が続く。

しかし、王は、

「……あの魔王が協力すると思うか？　一介の貴族令嬢でしかなかった程度の者に。協力というものはお互いに利があって初めて成り立つものだ。我はあやつが魔王から協力を得られるだけの利を与えられるとは思えん」

故に、その考えは既に破綻していると指摘する。

「……えぇ。そうでしょうね。僕も考えましたが、その部分だけはどうやっても納得のいく答えにたどり着けませんでした」

「――ならば」

「ですが、ツェレア・ベイセストが魔王に助けを乞う理由ならばある」

この会話を切り上げようとした王の言葉を遮るように、ガゼルは言葉をかぶせた。

「ツェレア・ベイセストは、僕達が憎くて憎くて仕方がない事でしょう。どんな代価を差し出したのかについては皆目《かいもく》見当がつきませんが……ツェレア・ベイセストが此方《こちら》に害をなす可能性は大いにある。だからこそ、この考えも一考に値すると思い、こうして述べさせて頂きました」

「……確かに、真にそうであれば幾らか納得出来る部分もある」

視線を落とし、気難しそうに眉根を寄せて王は唸る。

「であれば何故、ツェレア・ベイセストはこちらの誘いに乗らなかった？　神託に従わなかった？　魔王と繋がっているのならば、それは間違いなくここ数日の話でなく、随分と前からである筈だろう？　勇者パーティを内部から壊す選択肢もあった筈だ……どうしてその道を採らなかった」

「それは……それを出来ない理由があった……？　いや、それをすると都合が悪かった？」

ガゼル・ドラグナードは頭を悩ませる。

しかし、いくら考えを巡らそうと答えにはたどり着かない。当たり前だ。

こればかりは、ツェレア・ベイセストの根幹《こんかん》を知らなければ、絶対に理解し得ない事柄なのだから。

ツェレア・ベイセストは、どうすれば自分が納得出来る復讐を遂げられるか。それしか考えていない。そして既にそのプランは出来上がっている。

どうやって復讐を遂げるか、ではない。

どうやれば、納得のいく復讐が出来るか、だ。これらは似ているようで全く異なる。そもそも発想の源が、前者と後者では百八十度違うのだから。

理解出来る者がいるとすれば、それはツェレア・ベイセストと似た経験をした者くらいだろう。

例を挙げるとすれば、魔王や、女神であるラナーくらいのものか。

「……我らがこうして、ツェレア・ベイセストと魔王が手を組んでいると予想する事ですら、向こうの思惑通りだとすれば……」

王は敵の思考をなぞろうとして、言い淀む。恨みつらみを掲げ、どうにかしてそれを晴らそうと行動していたならば、こうも悩む事はなかっただろう。

常識外の行動を取る相手故に思考が理解出来ず、こうして壁にぶち当たってしまう。

「……いや、それは流石に考えすぎか」

王はかぶりを振り、一瞬ばかり脳裏に浮かんでいた考えを掻き消した。

「とはいえ、どうしたものか」

自問自答をするように。

眼前の者達に問い掛けるように。

「此度の失敗によって、我々の信頼は地に落ちていると言ってもよい。下手をすれば内部から崩壊してしまう危機すら、可能性としてあり得る現状だ」

それを防ぐ為に、ツェレア・ベイセストというカードを切ろうとしていた。しかし、それは叶わなくなってしまった。

だから。

仮に強行しようと試みたところで、惨憺《さんたん》たる結果になる事は目に見えている。

「魔王の代わりとなる明確な敵が必要か」

それこそ、貴族だけでなく民草までも一致団結出来るだけの明確な敵が。

上層部への不信が霞《かす》んでしまうほどの敵を用意出来れば、打破出来る。王はそう口にする。

「魔王では不足なので？」

王の御前でこうべを垂れていた貴族の一人が、不思議そうに言う。

女神の神託により集《つど》った勇者パーティを粉砕した魔王。彼憎しで結束すれば良いのではという意見であったが、王はそれに対し、静かに首を左右に振る。

「民には魔王を倒すと一度豪語《ごうご》しておる。いざ戦ってみると強くて倒せなかった。その経緯がある以上、一丸とさせる為には不足よ。民も思う事であろう。仮に我々が魔王という敵を掲げようともまた失敗に終わるのではないか、と。であるからこそ、倒す事の出来そうな敵が必要なのだ」

「成る程。つまり父上はツェレア・ベイセストに敗戦の責を押しつけるのではなく、討ち果たすべき敵として民に認知させるおつもりですか」

父がしようとしている事に気付いたのか。

ガゼル・ドラグナードはそう声を上げた。

声に孕《はら》ませた感情はあまり乗り気なものではなく、それに気付いた王は相貌をあからさまに歪める。

「どうせ民草は、騎士団が行方知れずとなった事も知らんのだ。人間の女と聞けば、倒せそうな相手だと勘違いするだろう。まことに魔王と手を組んでいたならば倒すのは困難だろうが、それならそれで良い。しばらくの間、国の敵となって貰えれば構わん」

「ですがそれをする場合、理由が必要となります。ツェレア・ベイセストがどうして敵であるのか。その確固たる理由が」

七年前の陰謀。

当時いち令嬢でしかなかったツェレア・ベイセストにありもしない罪を着せ、追放措置をとった事件。それを企てた当人であるガゼルだからこそ、危機感を抱いていた。

ツェレア・ベイセストの名を今更持ち出すなど、寝た子を起こすようなもの。

もし不審を抱いた誰かによって真実が明かされでもしたら、間違いなくツェレア・ベイセストにこそ大義があると誰しもが思ってしまうだろう。だから、ツェレア・ベイセスト憎しで一丸となる事は危険ではないのか、そう訴えようとして。

「理由など作れば良いではないか。この国では、我々の言葉だけが真実となる。それはお前も知っておろう？　七年前の事実に迫る輩など、魔王の間者にでも仕立て上げて消すだけよ。要はこの場を乗り切れば良いのだ。たとえ民草を騙す事になろうとも、今を乗り切りさえすれば」

今までも。

そしてこれからも。

そうしてきただろう？と言外に伝えながら冷たく笑む父王を、ガゼルは少しだけ驚いた様子で見つめ――程なくして彼もまた、酷薄に口角を曲げて「そうですね」と肯定した。

「そうよな。ツェレア・ベイセスト憎しで国を纏めるならば、さしずめ――」

王がそう言葉を紡ごうとした瞬間。

まるで狙ったかのようなタイミングで、部屋の外に続く扉が勢い良く開かれると同時に、焦燥に駆られた声が部屋中に木霊《こだま》する。

「——しっ、失礼いたします！！！！」

『何事だ！』『終わるまで立ち入るなと厳命していただろうが』

そんな声と共に、責めるような視線が、勢い良く立ち入った騎士と思しき人間に集まる。

本来ならば、向けられたその圧に耐えきれず目を泳がせて震えたであろう騎士であったが、それどころではないのか、そういった反応を起こす気配は見受けられない。

ぜぇ、ぜぇと息を切らしながら、それを整える時間すら惜しんで彼は声を発する。

「奴が、やって来ました……ッッ‼」

どういう事なんだと、動揺の波があたりに広がっていく。数分前まで静まり返っていた場は、ざわりと浮足立っていた。

「今度、は、此処王都に……魔王が、単身で攻め入ってきました……ッッ」

＊＊＊＊＊

「どういうつもりなの？　……ねえ」

不機嫌そうに、女神であるラナーが私に向けてそう問い掛ける。

その理由はきっと、私が彼女に用意して貰った黒のパーカーコートに身を包み、目深《まぶか》にフードを被り込んだからだ。

「私は貴女の願いに応えた。だったらせめて、何をしようとしているのかくらい教えてくれても良いんじゃないの？」

少なくとも、これから貴女が何をするのか。

聞かされていない予定について、話す義理はあるんじゃないかしらと言うラナーを横目に、私は「全ては語れないけど、ただ」と言葉を始める。

「王都が混乱の坩堝《るつぼ》と化してるこの時だけが、最後のチャンスだから」

「最後のチャンス？」

「そう。私が知り得なかった事実を聞ける、最後のチャンス」

「……何をする気？」

「聞きに行くだけだよ。ただ、聞きに行くだけ」

ラナーに語っていた予定では、私のやる事は、魔王による協力の後に王を含む復讐対象をなぶり殺しにするだけであった。

だというのに、私はその計画よりも早く動こうとしている。それには、私の個人的な事情に関係があった。

「私と、妹であるカレンを見殺しにした父親《クズ》に話を聞きに行くだけ。そして元より、これも予定のうち」

ラナーや魔王に対して、私は自分の身内事情を一切語っていない。

黙っていたのは、ただ単純に言えなかったからだ。

——私の父親は、実はなんらかの事情があって私を助けられなかったんじゃないのか。

そんな今更過ぎる酷い妄想を、未だ心の何処かに抱いていると知られたくなかったのだ。私の復讐に手を貸してくれている彼らには。

そして、もう事態が止められないこの段階に至るまで言い出せなかった。

「……王都へ一人で向かう気なのね」

彼女のその問いに、私は答えない。

ただ、静かに笑んでみせるだけ。

それが私なりの返答だった。

「今回ばかりは手助けはいらない」

「どうなっても知らないわよ」

「王都に向かう程度で死ぬタマじゃない事は、ラナーが一番分かってくれてると思ったんだけどな?」

「……」

うぐぐ、小憎《こにく》たらしいやつとばかりにラナーが唸る。

「だから安心してよ。それに、」

言葉を最後まで紡ぐ事なく、私は歩き出す。

右腕にはラナーに用意して貰った義手を携《たずさ》えている。それだけで、私が最悪の事態に備えていると察したのだろう。

ラナーもこれ以上追及しようとはしなかった。

「これも、私がいつかケジメをつけなきゃいけなかった事の一つ」

「だから手出しは無用と?」

「うん。そうだよ」

段々と彼女から離れていく。

しかし私は声量を変える事はない。聞こえても聞こえなくても良い。そんな考えのもと、ラナーの返答を待たずに言葉を繋いだ。

「父親《アイツ》を裁くのは私だ。私の裁量で、父親《アイツ》に相応《ふさわ》しい末路を用意する。その役目、たとえラナーであろうとも渡すつもりはないよ」

自分に言い聞かせるように口にしたその言葉は、吹く風にさらわれ、消えていく。

ただ一つ。

遅れて聞こえてきたラナーの溜息は、どうしてか私の耳にこびりついたまま中々消えてはくれなかった。

9

「……不思議な感じ」

私はぽつりと呟く。

私が王都から去って、七年もの歳月が経っているというのに、記憶の中に存在する王都と目に映る景色に、差異は殆《ほとん》ど見受けられなかった。

「だけど、まあ……都合はいっか」

記憶の片隅に残っていた王都の様子。

あまり変わっていないのならば、随分と離れていた私でも勝手が分かる。この分であれば目指す目的地にだって、比較的早くたどり着ける筈だ。

魔王も打ち合わせ通り王都にやって来てくれたから、煩《うるさ》いくらいの悲鳴や、叫び声が彼方此方《あちらこちら》から聞こえてくる。

本来街の外にいるべき衛兵も奔走《ほんそう》しているのか、その足音も絶えず雑踏《ざっとう》の音に混じり合っており、私の存在を気にする人間など何処にもいやしない。

「まさか、こんな時に外からのこのこと誰かがやって来る、だなんて普通思わないよね」

歩く災害。

それが魔王という存在だ。

その魔王が今、王都に降り立っている。そんな時に、好んでその地に足を踏み入れようとする者がいると、誰が思おうか。

仮に私を呼び止めたところで、事情を知らない人間が、七年前に追い出されたツェレア・ベイセストであると看破《かんぱ》出来るとは到底思えなかったが、

「折角の機会……無駄にするわけにはいかない」

人自体を嫌いになってしまっている今の私にとって、人と顔を合わせないで済むという事実は精神的に有り難かった。

右には義手を。

腰には一振りの剣を。

相貌を隠すように目深に被った黒のパーカーコート。普段であれば怪しい者だと呼び止められそうではあるが、今だけは、こうして悠々と空を仰いでも誰も気にとめない。

「鈍色《にびいろ》の、雲」

蠢《うごめ》くそれは、まるで私の心のようで。

きっとそう見えたのは、これから起こす予定の己の行為故なのだろう。

その自覚が、確かに私の中にあった。

出自にかかわらず、親殺しは禁忌《きんき》だ。

教会に身を置く連中も親を尊べだなんだと教えを説き、世界にそう浸透《しんとう》させているほどに、それは許されざる行為であると認識されている。

しかし、私はそれに唾を吐きかけんと此処へやって来た。

……いつか、ラナーが言っていた。

貴女はどこまでも人間らしい人だ、と。

話半分に聞き、そんな馬鹿なと一蹴《いっしゅう》すらしていたけど、どうしてか、その理由が今更ながら分かったような気がした。きっとその理由は、口でどれだけ言おうともやはり、何処か割り切る事が出来ない私の心情故、か。きっとそれを彼女は見抜いていたのだろう。

いざ、王都に足を踏み入れ、目的を果たそうとしたところで足取りが重くなる。

実は父には何か理由があったのではないか。

実は何か……。

そんな考えすら脳裏に薄らと浮かんできてしまう。

しかし、だ。

「……いいや」

私はかぶりを振る。それは違う。それは、勘違いだ。それは、甘えだ。願望だ。ただの酷い妄想だ。

「答えはもう出てる」

何を迷う。

何を躊躇《ためら》う。

何を、怖れる。

無意識に伸ばしていた左手が、腰に下げた得物の柄に触れる。人よりもずっと信頼の置ける剣に触れると、沸騰《ふっとう》したようになっていた心情が幾分か落ち着きを見せてくれた。

そして、力を込めて――握る。

私はきっと剣士とは呼べないし、名乗れない。

何より憎しみを乗せて剣を振るう私に、そんな言葉は似合わな過ぎる。

蠢《うごめ》く感情、憎悪、衝動。

それらに身を任せ、私は凶刃《きょうじん》を振るう。

ああ、そうだ……私は、それでいい。

足を進めて、進めて。

横切る人。目に映る人。鼓膜を揺らす人の声。

その全てに意識を向けず、霞《かす》みがかかった記憶を頼りに淀みない歩調で向かう。

目的地である――己の生家へ。

そしてそれは、気付けば威風堂々《いふうどうどう》と、私の目の前で存在を主張していた。

「……誰だあんた」

憎しみと。悲しみと。懐かしさを感じながら私が佇《たたず》んでいると、不審者でも相手にするように、懐疑《かいぎ》に満ちた声を掛けられる。

「屋敷の主人に用があるんだけど、会うにはどうすればいいかな」

「屋敷の主人に用がある、だと？　こんな時に、か？」

信じられないと言わんばかりに、門番の男の瞳が私を射抜く。

「うん。そう。こんな時だからだよ」

「……っ」

こんな時だから、此処王都へ魔王が襲来した非常時だからこそ。

「……もう一度聞く。あんた、誰だ」

彼にとって私は、まだ敵と決まったわけではない。

けれど、この混乱に乗じて訪ねてくるような人物だ。当然、最大限に警戒心をあらわにしていた。

「誰、って言われても……」

名乗れる名はとうの昔に捨てちゃったんだよなと、私は胸中にて人知れず自嘲した。

今だけ例外的にツェレア・ベイセストと名乗るか……？と己自身に問い掛けても、返ってくるのはそれを拒絶する答えだけ。

しかし、男からの質問に答えなければ前へ進めないのも事実。何もかもダメダメと言い張っていても時間だけが過ぎていく。

さて、どうしたものかと思ったその時。

私は思いがけない事実に気付く。

「ぁ……」

……そう、だ。私は知っている。目の前の門番の男を、私は知っていた。そしてきっと向こうも私の事を知っている。

「そう、か。そう、だった。あぁ、うん。思えば、そうだよね」

前提として、此処は私――ツェレア・ベイセストの生家だ。ならば、私を知っている人物が門番をしていようとも何ら不思議ではない。

いや、このような予期せぬ事態だからこそ、門番としての任を全《まっと》うするべく選ばれるのは古参の人間だろう。現に、こうして彼がここにいる。

「あの頃の記憶は何もかも追いやってたから、すぐには気付けなかったけど、」

そう言って、私は目深に被っていたフードを左手で掴む。そして、隠していた顔を外気に触れさせる。

「今、はっきりと思い出した」

不敵に笑いながら、私は自信を持って口にする。

相対する男はといえば、まるで現実が嘘をついたとでも言わんばかりに瞠目《どうもく》していた。

それもその筈。

当時十代はじめの少女が家どころか、国から追放されたのだ。普通に考えれば生きている筈がない。

「貴方は、七年前にもいた人だ。だったら私の事、分かるよね」

「……あん、たは」

「一応、血縁者の再会なんだ。通してはくれないかな」

そんな私の言葉に対する返答は、無言。

一言も発する事なく、彼は私の前に立ちふさがるように、前へ一歩、足を進める。

「あんたが生きてるって噂は聞いていた……てっきり、偽物だとばかり思ってたが」

「私を騙《かた》って何になるの？　害はあっても、利になる事なんて一つたりともないよ」

私を騙る物好きなんている筈がない。

そう口にすると、私への処遇を知る彼は、「それもそうか」と己自身に聞こえる程度の小さな声量で言葉をこぼす。

言葉遣いが乱暴なままなのはきっと、既に私がベイセストの人間ではないと通達がなされているからだ。

私としても、変に畏《かしこ》まられるのも違和感しかなかったので、そのまま気にせず話を進めていく。

「それで、」

私は、門番の男を見やる。

名前は知らない。ただ、生家であるベイセストに仕えていた人物という事を知っているだけ。

でも、私と彼にとっては、それだけの事実で十分過ぎた。

「そこ、通してはくれないんだ？」

腰に下げる得物《剣》に手をあてながら、私は笑い交じりに言う。この七年で染み付いてしまった少し歪んだ笑み。

それを見てか、男は悲しそうに表情を曲げる。何処か、同情の念を孕《はら》んだ面持ちだった。

「……あまり、あんたについての良い噂は聞かないもんでな」

「あいつらの都合だけでこっちは酷い目にあったのに、私が親切にしてあげる理由なんてこれっぽっちもないと思うけど？」

「確かに、そりゃそうだ……だから、此処は通せない」

「あー……」

そこで気付く。

今の私の発言は、私が悪意を抱いて現当主に会いに来たと言ったようなものだ。

「私は上手い事誘導されちゃったってわけか」

誰かと話す事を拒み続けた弊害だろう。

それ故に、こうして話の誘導に気付くのが遅れてしまう。

「出来れば、今は退いて欲しかったんだけどな」

――ここで血塗れになっちゃうと、本来の目的であった話をする前に、斬り合いへと発展しかねない。そうなると父親《あいつ》から聞けるものも聞けなくなるから勘弁して欲しいんだけどな。

そんな心の声を漏らさないよう気を付けつつ、私は柄を握る手にほんの少し力を込めた。

「……剣を、扱えるのか」

「見せかけとでも思った？　ざーんねん」

銀光を放つ剣身を鞘からすらりと抜き、ぶん、と傘から水でも払うように振る。

「生憎、自分の手足のように使えるよ」

「……あん、た」

私がこうして剣を扱うようになり、随分と時が経った。だから剣を手にしても無意識のうちに自然体になっている。その泰然《たいぜん》とした私の立ち姿に、彼は掠れた声を絞り出した。

「――親を、殺す気か」

へぇ、とつい感嘆めいた声が私の口端からもれる。

まだ何も言っていないのにそこへたどり着いた男の想像力に、私はくふ、と薄い唇を限界まで引き上げて笑う。残忍に、酷薄に。

そんな悪辣《あくらつ》な笑みを浮かべる事が、私なりの返答だった。

「私は、こんな世界は壊れてしまえばいいと思ってる。こんな、腐った世界は壊すべきだと思ってる」

だからこうして剣を握り、壊《殺》すんだと言おうとして。

私はううんと首を振った。続けざま、己の言葉を否定するように言い直す。

「いや……違う、ね。私は許せないんだ。こんな腐った世界がある事が。こんな腐った世界の、住民がのうのうと生きてる事が。その事実が何よりも許せないんだ」

「……だから殺すのか。だから、剣を振るうのか。あんたは」

「だって、そうじゃないと納得出来ないから」

人と話す機会はこれまで、絶望的なまでに失われていた。だからなのかもしれない。

人と話す事を嫌っていた筈なのに、今日の私は酒にでも酔ったかのように、随分と饒舌《じょうぜつ》だった。

「私は、辛かったんだ。腕を奪われて、それこそ身を切るような思いだって数え切れないくらいしてきた。ずっと悩んでた。悩んで悩んで、悩み抜いて。結局、憎悪に身を焦がす事しか出来なくて。それだけが唯一、私に見えた道だった。きっとそれが、私にとってのたった一つの殉じるべき道だった」

気付けば私は、胸の奥にしまい込み、蓋をしてきた想いを初めて吐露《とろ》していた。

「私が痛みに泣こうが、喚《わめ》こうが、死のうが、この壊れた世界では変わらず陽《ひ》が沈み、夜は明ける。変わらない日常ってやつが、当たり前のように巡ってくる」

それが、私は許せなかった。

何より許せなかったんだ。

その事実があるだけで、私の憎悪は際限なく膨れ上がる。その事実があるだけで、私はいつまでも囚われたままだ。この、終わりの無い不条理に。

「誰かが不条理に貶められて、苦しんで、泣いて。そしてまた違う誰かが人を身勝手に貶め、変わらず不自由の無い生活を送り続けてる。おかしいでしょ。こんな世界」

——だから。

「だから、私は壊《殺》す。何もかもを壊《殺》すんだ。だけど、」

私の中の僅かに残った良心や、その呵責《かしゃく》の全てを殺して壊す事、ただそれだけに尽力するのもいい。

でも、それは出来なかった。

だからこうして私は生家《この場》にいる。

「私は、父親《アイツ》に聞かなきゃいけない事がある。だからこの場にやって来た。この事態の中を、此処へこうして訪れた。話を聞いた後に、然《しか》るべき末路を他でもない私が与える為に」

「……それでも、」

「黙ってよ」

だらだらと、話が長引く。

きっと門番の狙いはそれだろう。私の心変わりを狙っているのかもしれない。

故に私は、威嚇《いかく》するように彼を睨《ね》め付ける。流石の彼も立ち竦んだように見えたのは、きっと勘違いではないだろう。

「今更、心変わりなんて起きるわけないよ。私が七年の間、私自身に刻み付けてきた想いは、ちょっとやそっとで覆るほど軽いものじゃない」

その感情は、お前達が思ってるよりずっと、ずっと重いものだ。覆しようのないものだ。

最早、信念と言ってもいい。

「そして、その刻み付けてきた想いの中に、あの時の出来事が何より深く根付いてる。だから私は剣《これ》を抜いたんだよ？　権力《ちから》が全て。力が無ければ、何も勝ち取れないって、思い知らされたから」

そして、話はここに――私が『魔の森』で得た摂理に至る。

心の何処かで分かっていた筈だった。

剣を抜く事態に陥ってしまったならば、もう血塗られた道を進むしかないと。

「守りたいのなら、私を殺してでも守ってみなよ。私はその悉《ことごと》くを斬り伏せて会いに行く。たとえそれが血族だろうと、知己《ちき》だろうと、……誰彼構わず」

そこまで口にして、漸く彼の答えが聞こえた。

剣身が鞘から抜かれる際に生まれる――乾いた金属音。

妥協はしない。

後悔もしない。

進む道は、もうずっと昔に決めていた。

そんな私と相対したが最後、彼と私の間にはこうなる未来しか存在し得ないのだ。

「……あんたを止めるには、どうにも剣《これ》しかないらしい」

「そう。そうだよ。貴方が父親《あいつ》を庇うというのなら、これしか道はない」

そう言って、私はすぐに距離を詰められるよう、少しだけ腰を落とす。

それに気付いてか、男の視線が私に向いた。

限界まで圧搾《あっさく》された、警戒心と殺意が乗った視線が。

「私の前に立ち塞がるのなら、誰だろうと容赦はしない」

現実とは、残酷だ。

そんな事を思いながら、私はかつての知己たる男へと肉薄した。

胸の奥底にしまっておいた筈の記憶はどうしてか、得てして最悪のタイミングで思い起こされてしまう。

それがもし神の悪戯《いたずら》だとすれば、神という存在は私の事がとことん嫌いなのだろう。

「だから、」

堪《た》え難い苦痛に塗れた過去と、七年前のあの日以前の、偽りの幸せの記憶。

その二つが私の脳裏《のうり》で交錯《こうさく》する。

まだ私自身が幼く、優しい優しい人達に囲まれていた嘘っぱちの日々を、独り懐古《かいこ》した。

そして、私はその記憶を──。

「さようなら」

刃を振るい、薄れた鈍色の記憶を黒ずんだ血色で深く、濃く、塗り潰す。

肉を裂く感触が手を伝い、視界に血飛沫《ちしぶき》が飛び込む。

人を殺す事に、何の感傷も抱かない筈なのに。

どうしてか私の世界が、心なし滲《にじ》んで見えた。

10

そして私はゆっくりとした足取りで、屋敷の入り口にたどり着く。

見栄《みえ》に重きを置いた荘厳《そうごん》な造りの扉。

貴族らしいという言葉が何より当てはまるそのノブに手を掛け、私は無造作に引き開けんとした。

「――止まれ」

耳朶《じだ》を打つ男の声。酷く冷ややかな声音がドア越しに聞こえた。

ドアを開けてみれば、男が七人、待ち構えている。

随分と準備が良い事で、なんて思ったところで、今は厳戒態勢だったと思い出す。

「……あ、ハッ」

目を細め、口角をほんの少しだけ吊り上げる。

足は止めない。

時間は有限で、そして残された時は多くないと理解していたから。

「そこ、通してよ」

無機質な声で、言う。

ガリガリと、抜身の刃の切っ先を地面に引きずりながら私は足を進める。殊更に、ゆっくりと。

だけど、誰一人として私の言を聞き入れてくれない。それどころか、全員が抜剣して私に狙いを定めている……あぁ、本当に――。

「……それならじゃあ、無理矢理押し通らせて貰うから」

「全員構え、――ッ⁉」

私に「止まれ」と真っ先に呼び掛けていた男が慌てて声を荒らげるも、言葉は最後まで紡がれる事はなかった。

私は彼らの視界から忽然《こつぜん》と消え失せてみせる。次の瞬間、背筋を凍らせている男の顔に、小さな影が落ちた。

「私の、」

その正体は、私の右手。

義手を彼の顔へと伸ばし、程なくしてがしりとそれを掴み、力を思い切り込める。

「邪魔しないで貰える？」

鍛え上げた膂力《りょりょく》で掴んだ顔から、メキリと悲鳴が上がった。

私の冷え切った声音で、男は私が本気だと悟ったようだ。このまま握り潰される、そんな未来すらも彼は幻視《げんし》しただろう。

しかし、それと同時に安堵の色が浮かんだ。

何故なら、

「間抜け、が————ッッ!!」

こうして顔を掴んでいる間はどうしても、この男に注意が向く。そして、腕一本の動きも封じられてしまう。それを男は好機と考え、安堵したのだ。

しかし、

「〝蒼き剣群《エ・スパーダ》〟」

確実に殺すと息巻き、四方より飛びかかってきた彼らに対して、私は馴染み深い言葉を口にする。

どこまでも信の置ける、魔法の言葉を。

「……か、はっ」

唐突に生まれた青白の剣。

それは床から、紛れもなく彼らの心臓目掛けて生えていた。次いで、水が勢い良く噴き出すような、そんな軽快な音が聞こえる。

ツン、と鉄錆の臭いが大気に入り混じった。

「なっ……」

信じられないとばかりに、私に頭部を掴まれたままの男がくぐもった声を上げる。

私がたった一言発しただけで、彼以外の人間が致命傷を負ってしまったのだ。

そして、

「……はっ」

驚いていた筈の男が、どうしてか突として笑った。

痛みに顔をしかめながらも表情を変える。

「もんだいない。俺ごと、やれ」

明らかな嘲笑を面貌に貼り付け、男は私とその背後を比べ見る。

それがどういう意味なのか、私には分からなかった。けれど、その答えはすぐにやってくる。慣れ親しんだ衝撃が、私の右腕を襲った。

ガキンッ。

そんな、重々しい金属音が鼓膜を揺らす。

「なん、だ、と」

胸部を苦しそうに押さえながら、〝蒼き剣群《エ・スパーダ》〟に貫かれていた男の一人が疑念に塗れた声を出す。

けれど、驚いたのは私も同じだった。

〝蒼き剣群《エ・スパーダ》〟に貫かれたまま、彼は剣を振るっていた。

もっとも、義手である右腕にしか届いてはいなかったが、それでも私は驚いていた。想像を絶する激痛を伴っているだろうに、それでも貴方は剣を振るったのか、と。

だけど、それも一瞬。

「……こっちは随分と前に斬り落とされてね。あぁ、いや、噛みちぎられたんだったかな……まぁ、兎も角、右腕はもう無いんだ。便利な鉄の塊になっちゃったけど、今でも疼《うず》くよ。こればっかりは」

そう言って私は、左手に握っていた剣を、袈裟懸《けさが》けに振るう。

〝蒼き剣群《エ・スパーダ》〟に縫い付けられていた男に避ける術はなく、振り抜かれた凶刃によって、床に鮮紅色の大きな水玉が落ちた。

「なる、ほ、ど。そのばかげた力は、」

「義手だから、だろうね」

そうでもなければ、頭蓋《ずがい》を砕き割れるほどの握力を持っている事に説明がつかない。

「……悲しいな」

「何が？」

「それだけの、力を手にしていながら……こんな凶行をしている、事が、だ」

「なぁんだ。そんな事か」

私は心の底から侮蔑しながら、ただの事実を述べる。

「決まり切った事を今更言わないでよ。私の目的は復讐だ。それだけの為に生きて、それだけの為に何もかもをかなぐり捨ててきた。その目的を忘れる事なんか出来る筈がない。そうするくらいなら、首を括って死んだ方がマシ」

通達くらいはなされている筈だ。

神託にて私が勇者に選ばれてしまったその時、もし仮に本当に生きているのならば、怒りの矛先は此処——ベイセスト家に向く可能性が極めて高い、と。

そしてそんな私にした仕打ちについても、理解している者は多いだろう。

だから。

「だから、私が止まれる筈がないんだよ」

11

どのくらい、歩いただろうか。

未だ覚えのある道。

在《あ》りし日の記憶と相違ない筈の屋敷。しかし、父親《アイツ》がいるであろう場所までが、どうしてかどうしようもなく遠く感じた。

既に通り道で、襲い掛かってきた使用人達を何人も殺している。それ故に――私の手は、血に塗れていた。

視線を落とすと、夥《おびただ》しい量の血が私の歩いた道をなぞっている。目蓋の裏には斬り殺してきた死屍《しし》の姿がこびり付いている。

けれど、私は平時と変わらず足を前へ踏み出す。

何故ならこれが、私にとっての使命でありお返し《ケジメ》であると信じて疑っていないから。

使命とは便利な言葉だ。

そう信じさえすれば、なんだって乗り越えられるのだから。この身一つで、何かを成す事が出来るのだから。

だから私は、誰かを『殺す』という咎《とが》の重さに押し潰される事なく、今まさにドアノブに手を掛けている。

私がまだベイセストの屋敷にいた頃、父親が頻繁《ひんぱん》に出入りしていた執務室。

きっと、此処にいる。

理屈でも何でもないただの勘。でも、それが正しいと私には何故か分かっていた。

そして私はドアを押し開け、直後、暖色の光が私の視界を塗り潰す。

次いで、声がやってきた。

全身、ありとあらゆるところから憎悪の感情を沸き立たせる憎々しい声音が、私の鼓膜を微かに揺らす。

「嗚呼。懐かしい顔だ」

年相応に、歳を重ねた嗄《しゃが》れた声。

「こうして、生きているとは思っていなかったぞ。神託の話を耳にして尚、オレには信じられなかったが、いざ己の目で確認してしまっては……そうも言えんな」

この、声は。嗚呼、間違いない。

この男こそ、私の実の父親——アウグレーン・ベイセストだ。

「お前は紛れもなく、オレの子——ツェレア・ベイセストだ。歓迎は出来んが、末期《まつご》の話くらいは聞いてやろう」

奴がそう言うや否や、部屋の中に控えていた十数人の騎士が敵意を一心に私に向けた。

私が此処に来る事は承知の上だったのだろう。やはりこの状況はなるべくしてなった、と言うべきか。

「話があるから、こうしてベイセスト《此処》へ帰ってきたんだろう？　遠慮はいらん。オレに答えられる事ならなんでも答えてやる」

「………」

正直、話が上手過ぎると思った。

私は、周囲への警戒を解く事なく、それどころか今までにないくらいに研《と》ぎ澄《す》ました状態で言葉を発する。

「七年前、」

元より、私は父親に聞きたい事があって此処までやって来た。その上、向こうが答えてくれると言っている。どのみち聞く事になるのだから、これが罠かそうでないかなど、私にとっては瑣事《さじ》でしかなかった。

「私は国を追い出された。貴方は、あの出来事が不条理の塊《かたまり》であると知ってた筈だ。なのに、知らぬ存ぜぬを通すどころか、その不条理に賛成の意を示した」

「やはり、それか……いや、それ以外にないか」

「……なんで、あんな真似をしたの」

父親であるアウグレーンが助け舟を出してくれていたならば。間違いなくこうはなっていなかった。

決して、今更過去に戻りたい、やり直したいというわけではない。でも、分からなかった。

七年前のあの日まで、父親《貴方》は私達に優しい良き父親であったではないか、と。

だから、分からなかった。

どこまでも、理解出来なかった。

なんで、あのようなありもしない罪を。私がある貴族の殺人に関わっていたなどという事実無根《むこん》の冤罪を、親である貴方が認めたのか。その理由が未だに分からなかった。

「それが、王家の命令だったからだ」

「……は、？」

「聞こえなかったか？　それが、王家の命令だったからだと言った」

一瞬だけ頭の中が、真っ白になった。

憎しみも、哀しみも。全ての感情がその時ばかりは遠かった。

「ただそれだけだ」

圧《の》しかかる無情過ぎた事実。

無情過ぎる、故に、身体中に熱が湧き上がる。

抑えきれない憤怒が面貌に浮き彫りになり、痛いほど唇を噛み締めながら、

「――――ふっ、ざ、けんな」

私は瞳に怒りを湛《たた》え、怨嗟《えんさ》の声を漏らす。

聞かなければ良かった。

そんな想いも欠片《かけら》程度存在した。でも、それよりもあまりに下らな過ぎる答えに、怒りが容赦なく全てを塗り潰す。

「ふざけてなどいない。オレ達貴族は誰に忠誠を誓っている？　血縁者か？　民草か？　違うだろ。オレ達の忠誠は、王家に向いているだろうが」

それが絶対であると口にするアウグレーンからは、微塵《みじん》も迷いを感じなかった。

「ついでに言えば、」

続く言葉が私の逆鱗《げきりん》に触れる事を、恐らくアウグレーンは誰よりも分かっていた。

それでも彼は、口を止めてはくれない。

「カレンの事も、それが理由だ。どうせ、その事も耳に入れてるんだろう？　ツェレア」

網膜《もうまく》に映る光景が明滅し、胸の奥がざわつきを覚えた。

「………」

名は、とうの昔に捨てている。

たとえ親だろうと、私をその名で呼ぶ事を許容出来ない。いや、親だから尚更、か。

けれど、今はもう言葉すら出てこなくて。

感情の波だけが去来《きょらい》する。

「お前は外にあまり出た事がなかったから知らないだろうが、オレ達貴族にとって王家からの命令はそれほどまでに重い」

アウグレーンの言葉は、止まらない。

「仮に、独善でオレがお前を助けたとしよう。今更過ぎる綺麗事でしかないがな……すると、どんな未来が待ち受けていたと思う?」

「………」

もう、限界だった。

今すぐにでも斬り捨てたい。

そんな衝動に身を任せようとして。

「――――いいから聞けよ」

圧が、かかる。

そこで漸く我に返った。

そうだ。この人は。眼前に映るこの男は、私の父親だ。こうして血の滲《にじ》むような鍛錬を積み、強くなれた私の、父親だ。であれば、私は知る由もなかったが、己《コイツ》の父親が同じように強かったとしても、なんらおかしな事ではない。

今しがた我に返れたのは、きっと、危機感を覚えたから。

怒りに駆られ、無策に突撃するべきではないと本能で理解したからだ。そんな、気がした。

「例えばだ、オレのその独善によって領地の人間が危機にさらされてしまうかもしれない。そうは思わないか？　何せ、王家からの命に背くんだ。そりゃあ、とんでもない罰が待ち受けてるだろうよ」

王家に忠誠を誓ってる連中全てを敵に回すって事だからな、とアウグレーンが言う。その言に対し、私がそれではまるで「神」ではないかと言おうとして。

「だから言ったろ。オレらにとって王家の命令は重い、ってな……ってオレが言ったら、お前はどうするつもりだったよ？　えぇ？」

いつの間にやら圧は霧散しており、飄々《ひょうひょう》とした態度に戻ったアウグレーンが私にそう問いかける。

私は答えられず、一瞬の空白が生まれる。その一瞬こそが、致命的な隙であった。

「く、ははっ。使用人共を躊躇なく殺してっから覚悟を決めてきたのかと思えば、なんだ、まだまだ尻が青い餓鬼《がき》じゃねえか!?　なぁ!?」

数メートルほどの距離を挟んで立っていた筈のアウグレーンの姿が突如として掻き消え、次に現れた時には既に目と鼻の先。

続いて、思い切り勢いをつけた拳が放たれ、

「い、ぎッ、ぐっ!!?」

メキリ、と音を立てて私の腹部にめり込んでいく。

「おいおいおいおいおい。お前の覚悟はその程度か。不条理に喘《あえ》いだんだろ?　この世界が認められなかったんだろ?　だから壊そうと思ったんだろ?　だったら、迷いは跡形《あとかた》もなく捨てとけ。言葉一つで迷ってんじゃねえよ」

肺は圧迫され。

空気は漏れ出て、呼吸困難。

腹部を中心として広がる激痛に顔を歪める私の口端からは、唾液が僅かに溢れていた。

「そこんところ、反省しとけよ」

その言葉を最後に、再度拳が振り抜かれる。

そして私は、勢い良く後方へ吹き飛んだ。

殴り飛ばされ、壁に叩きつけられた後。

襲い来る背中の痛み、未だ残る腹部の痛みに耐えながら私は息を吐き、己の状態を確認する。

「は、ぁ――」

息を吹き返して壁にもたれかかり、尻餅をつく私であったけれど、ダメージは思いの外少なかった。

その理由は、あの拳撃《けんげき》の直前に後ろへ身を引いたから。それは恐らく本能的な行動であった。しかし、それに救われた。

七年の鍛錬の賜物《たまもの》だと思い、哂《わら》う。

――やっぱり、貴女は人間らしいのよ。

声が木霊《こだま》する。

女神ラナーの声。

いつかのやり取りで耳にした言葉が、幻聴となって耳朶《じだ》を打つ。

『人間って生き物は、〝異常〟というものに何かと答えを求めたがるの。何が原因で、何が理由で、ってね。己の価値観に無理矢理押し込んで理解しようとする……いいえ、そうやって強引にでも理解をしなければ、気が済まないのでしょうね』

だけど。

『だけれど、別に貴女までそうなる必要はないと思わない？　理解し合う事は大切よ。ただ、馴れ合うにせよ、思いやるにせよ、場合というものが存在する……でも何故か、何一つとして不条理に狂わされなかった人間相手に、何処か、貴女は理解を求めてしまっている。自分とは相容《あいい》れない存在と知りながら、心の中で、何処か。だから貴女自身も、彼らを理解しようとしている』

その部分が、どうしようもないまでに人間らしい。

ラナーは私にそう言った。

『だからね。これだけは覚えておくといいわ』

殊更に強調するように、言葉を一度区切る。

『どうなろうと、どんな結末を迎えようと、私は貴女の味方。貴女の選択を、私だけは肯定してあげる』

そこで、声は薄れて消えた。

何となく、分かっていた。

私の中にまだ、甘さが多く残っている事など。

……いや、ここ一年程度で戻ったと言うべきかもしれない。

何もかもを失った七年前。あの頃に比べ、今の私はあまりに恵まれ過ぎている。

言葉を交わすラナー《友人》がいる。

頼れる魔王《友人》がいる。

不条理に立ち向かえるだけの力がある。
その日その日、生きる事にすら怯えていたあの頃の私は、もう何処にもいない。
だから、薄れてしまっていた。
自分自身、変わらず復讐の炎は燃え上がっていると、信じて疑っていなかった。
私を彩る焔《ほのお》は、不変に燃え盛っていると思っていた。

なのに。
なのに、なのに。

「――――は、はハっ」

何だこのザマは。

堪らず、嘲弄が顔に出た。
その矛先は、先程私を殴り飛ばしたアウグレーンではなく、他でもない己自身。
父親《あいつ》は、反省しとけと言った。
業腹《ごうはら》だが、その通りだ。その一点に限り、アイツの言う通りだ。

「……私が、馬鹿だった」

端的に言えば、そうだ。

そもそもアイツが王家からの命令に逆らえず、領民を気に掛け、泣く泣く私とカレンを切り捨てたとしよう。

だからどうした。

記憶に残る七年前のあの日。あの時私に向けられた冷ややかな父の瞳。あの時刻まれた記憶。それだけが事実じゃないか。

だから迷いも、容赦も、可能性も、全て何もかも捨てるべきだ。間違っても、情を抱くべきではない。

忘れるな、私。

あの、国中の誰からも嫌われたあの日を。

限界を超えて尚、生死の境界を彷徨《さまよ》うしかなかった地獄の日々を。そしてそれを生み出した張本人の一人が、父親《目の前の男》であるという事を。

それを、自覚して。

「…………」

私の顔から表情が抜け落ちる。

余計なものを全て削ぎ落とし、残ったものは真一文字に引き結んだ唇だけ。
すくっ、と立ち上がり、私は相手を見据える。
敵がいる。打ち倒すべき、敵が。
私は震えた。それは武者震《むしゃぶる》いでも、恐怖でもなく。
早く斬らせろという憎悪からくる衝動だった。
そして、父親《アイツ》から話を聞きたいという渇望は、既に跡形もなく失われていた。
何故なら、私が聞きたかったのは言い訳でも、可能性の話でもなく、ただ一言。
人間らしい言葉――謝罪であったからだ。
だけど、それは叶わなかった。
なら、私がする事は一つだけ。
「背を向けて逃げ出すってんなら見逃してやらん事もないぞ？」
声がやってきた。
アウグレーンの、声。
嘲りを孕んだ言葉であったのに、私は激情に駆られる事もなく、それを淡々と聞く。
「私が、逃げ出す？　……そんな事が、あるもんか」
「自信過剰だな。たかだか七年鍛錬を積んだ程度で」

「なら、試す？」

そして、嗤《わら》う。

歪んで、軋んで、喘いで、泣いて。

壊れに壊れた心をさらけ出しながら、私は不敵に哂《わら》う。燻《くすぶ》る昏《くら》い感情に身を委ねながら私は、えも言われぬ笑みを浮かべた。

――受ける。容《い》れる。肯《がえ》んずる。

迷いは悉《ことごと》く捨て去り、湧き上がる感情全てを認めてしまえ。逡巡し得ない状態を作り出せ。

味わってきた不条理に対する憎しみを乗せて、私は得物《剣》を振るう。

「はっ、随分と――」

アウグレーンが何かを言おうとするが、そんな言葉すら紡がせる気は無かった。

冷たく睥睨《へいげい》する私の瞳と、アウグレーンの距離が詰められる。

刹那の時間で、空いていた距離はゼロへ。

「死ねよ」

感情を削ぎ落とした私の声音が、場に響いた。

「――――は、ハハッ、はははははッ！！！」

アウグレーンが嗤《わら》う。

私の挙動を目で追っていた彼は、私が剣を持つ左手を見やり、哄笑《こうしょう》を轟《とどろ》かせた。

「反省の色がねえなァ⁉　なに左手で剣を握ってやがる⁉　お前の利き腕は、」

「――煩い」

そして交錯する銀の剣線。

アウグレーンは躊躇《ためら》いなく、腰に下げていた剣の柄を握る。彼が白銀に輝く剣身を露出させた矢先、お互いの得物同士が重なった衝撃音が耳朶《じだ》を打ち、びりびりと大気を震わせる。

己らの主が剣を向けられているにもかかわらず、周囲で待機していた騎士達は依然として動く気配が無い。手出しをする気は無いのか。

そんな事を思っている間に、

「く、ハッ」

じわりと額に脂汗を浮かべ、しかしアウグレーンは不敵に笑う。鍔《つば》迫《ぜ》り合いにて、何故己が押し負けている……？という疑問を隠しているのが、その顔色から窺えた。

元々私の利き腕は右であった。しかし、生きる為に剣を握ろうと考えた時、既に私の右腕は存在していなかった。

だから、剣を振るっていたのはずっと左。

それをアウグレーン《こいつ》は知らない。

「やるじゃねえか」

アウグレーンは力負けしていると素直に認め、力を後ろに受け流した。

「だが、」

均衡《きんこう》を崩され、勢い余ってほんの僅かにたたらを踏む私を、彼は嘲弄する。

「力が全てってわけでもねえよな⁉」

ぐるん、と左脚を軸にし、身体を回転させると、一瞬だけ私に背を向ける。そしてそのまま勢いをつけて、回し蹴りを叩き込もうとして、

「そんなの、当たり前じゃん」

嗤《わら》う私を視認したアウグレーンは何を思ってか、顔から感情を消し、即座に後方へ飛び退いた。

「膂力《りょりょく》が全てじゃない事は、私が誰よりも理解してる」

この身一つで、〝魔の森〟と呼ばれる魔窟で日々を過ごしてきた。

偶々《たまたま》、魔法の才能があったから私は今日まで生き残る事が出来た。はっきり言ってしまえば、私の剣は付け焼き刃だ。剣などより魔法の方がよっぽど信が置ける。だけど魔法だけでは足りなかった。

ただそれだけ。故に、プライドも何も無い。

「そもそも、私に体術や剣は向いてないよ。付け焼き刃だって自覚はあるし、私よりずっと強い人

も知ってる。だから、私はその未熟さすらも利用してる」

――そうしないと、生き残れる筈もなかったから。

その言葉は口にする事なく、胸中に留めた。高みはこれまで幾度となく目にしてきた。

魔法であるならば、ラナー。

剣であるならば、魔王。

膂力《りょりょく》であるならば、〝魔の森〟に棲まう魔物達。

己が頂点となれる取り柄が存在しない以上、器用貧乏《びんぼう》に自分なりにやりくりをするしか道は無かった。そしてたどり着いたのが今の私。

私はちらりと、アウグレーンが先程までいた場所を一瞥《いちべつ》する。そこには青白の波紋が大気に浮かび、溶け込んでいた。それは、アウグレーンを串刺しにする為に発動させようと試みていた〝蒼き剣群《エ・スパーダ》〟の残滓《ざんし》。

あとコンマ数秒アウグレーンの判断が遅ければ致命傷を与えられたのにと、小さく私は歯噛みした。

「……貴方は言ったよね。王家の存在は重いと。嗚呼、うん。そうだ。まさにその通りだよ。この腐った世界を壊すならば、王家《あいつら》を殺すしかない」

「ははは、オレの娘は国でも滅ぼす気かよ？　えぇ？」

「……私は、もう貴方の娘じゃない。だけど、その通り。国は壊す」

「貴族全てを敵に回し!!　殺し切るってか!?　こりゃあ随分な大見得切《おおみえき》りだなァ!?」

「何言ってんの」

大見得切り？　そんな馬鹿な。

私がこの場所にいるという事は、既にその目処《めど》が立ったという事に他ならないのに。

理解力の無い男に向けて、私は酷薄に笑い、言ってやる。

「もう殺せると判断したから、私は此処にいる」

無造作に手を振り下ろす。

「チィ――――!!」

彼の舌打ちが聞こえる。

私の頭上で、急速に粒子が集まって剣の形を成し始めたのだ。

「たかだか七年でなんつー化け物に成長してやがる」

形成され、恐るべき速度にて飛来する剣群。

それを防ぎながら悪態を吐くアウグレーンであったが、余裕めいた言葉とは裏腹に、彼の身体には赤い線が複数生まれ、ぷくりと赤が滲み出ていた。

無意識故なのか。

頬の引き攣りも誤魔化し切れていない。

「――――ハッ」

歪んだ笑みを浮かべる。

それが、アウグレーンに今出来る、最大限の強がり。ふと視線を後ろに向けるも、生憎背後にあるのは壁だ。逃げられないようにわざわざ部屋で私を待ち受けたのだろうが、今まさにその用意が仇となって自身に降りかかっている。

この場にはアウグレーンの護衛である騎士が十数名控えては、いた。けれど、無尽蔵に生まれ出てくる〝蒼き剣群《エ・スパーダ》〟の前では、数の優位はあってないようなもの。

「こりゃ、予想外も予想外」

拙い事態であるとの認識を拭い切れなかったのか、彼の口から漏れ出た言葉は後ろ向きなものであった。

次いで観念に似た言葉が私の鼓膜を揺らした。

そのわけは〝蒼き剣群《エ・スパーダ》〟を展開した状態にて、目にも留まらぬ速度で私が再び距離を詰めたから、なのだろう。

「こいつは参った。こんだけ強くなってんのなら、魔王とグルって話も信憑性《しんぴょうせい》が高《たけ》えな」

だが。

「とはいえ、恨まれる覚えはあれど、ただでやられてやるほどオレも甘かねえよ。それに、……いい機会だ」

――赤く。

――紅《あか》く。

――朱《あか》く。

――緋《あか》く。

迫る死期を明瞭《めいりょう》とするように、舞う血飛沫《ちしぶき》が激しくなっていく。彼の身体の端々から鮮紅色《死色》が滲み出す。

「なぁ！　ツェレア!!」

私は返事もせず、手にした剣を横薙ぎに振るう。アウグレーンはその一撃を避けるも、際限なく飛来する〝蒼き剣群《エ・スパーダ》〟に隙を突かれ、また手傷を負う。

「お前は一体どうするよ!?　全てを殺し!!　壊し尽くした後!!　お前は一体どうするよ!?」

それは問い。

私自身も答えにたどり着いていない、目を逸らしたままの問い。

大気をズタズタに斬り裂く間断の無い猛攻の中、アウグレーンの言葉はそれでも止まらない。

「積もりに積もった恨みを晴らした後!!　お前はどうする!?　折角だ、聞かせろよ!!」

これが。

この復讐が、終わった後。

一体私はどうするのか。

アウグレーンから投げられたその問いに対し、私はほんの少しだけ物思いに耽《ふけ》る。

そして程なく、

「……何かがしたいから、私は剣を振るってるわけじゃない。何かの為に、殺したわけじゃない」

そう答える私の声は震えていた。

怨嗟《えんさ》でもこぼすかのように、懸命に言葉を搾り出し、声にする。改めて私の事をアウグレーン《こいつ》は何も分かっちゃいないと理解させられ、無性に腹が立つ。どうしようもなく、怒りが湧く。

「じゃあ、なんでお前は――」

今此処に。

どんな理由を以て立ってやがる!?と問いかけようとするアウグレーンを無視し、すぅと音を立てて息を吸い込む。

そして、

「……それしか、なかったから」

ポツリと、一言。

次いで、

「それしか、なかったからなんだよッッ！！！！」

割れんばかりの怒号と共に、吸い込んだ息を私は吐き出した。

そうだ。

私には、復讐《これ》しかなかったのだ。

己の幸せを考えようとも、何が幸せなのかすらもう分からなくて。

だからといって、死ぬのは嫌だった。

他者の都合で振り回された挙句、ただ何も出来ずに死ぬ事だけは嫌だった。だから生きようと思った。

そしてその時、己が生きる理由を考え——頭の中は、〝復讐〟の文字で埋め尽くされた。

「……私が生きる理由なんてそれしかない。後だとか、先だとか。そんなものを考える事が出来てたなら、元よりこんな生き方はしてない」

場に驚愕が生まれ、波紋のように広がっていく。

それはアウグレーンだけに留まらず、周りにいた者達全てがぎょっと、突然の私の怒声に瞠目していた。

「剣を振るって、魔法を使って、こんな腐った世界を壊す……それをする理由はただ、それ以外に私の中で燻る熱を向けられる矛先が無かったから……私には、耐えられなかった。貴方達がのうのうと生きてる事が。どうしようもなく」

最早今更でしかないが、もし仮に私が復讐という道を進まないで済む未来があったとすれば。

それはきっと、この腐った世界から目を背けられるだけの何かが、私の中に存在していた場合のみだろう。

人間でも良い。

たった一人。私が心底、世界に絶望していたあの時に手を差し伸べてくれる人がいたならば、こうはなっていなかったかもしれない。

「行き場のなかった熱を、私は復讐に注ぎ込んだ。だから強くなったし、こうして此処にいる。壊す為に、私が味わった不条理を味わわせる為に、私は絶えず剣を振るう。その後の事なんか知るもんか。全てが終わったその時、考えれば良いだけの話」

それが本音だった。

偽らざる私の心の裡《うち》であった。

その直後。聞こえてきたのは、場を支配するほどの声量で放たれた——哄笑。

「く、はっ、くははっ、あはははははははハハッッ！！！！」

何が可笑しいのか、アウグレーンは腹を抱えて笑い出す。その態度に対し、眉根を寄せる私であったが、返ってきた言葉は意外なものであった。

「そう、だな。確かにそうだ。それが……道理だ。後の事なんぞ考えて剣を振ってちゃ、折角の極上の腕が鈍《なま》っちまう。悪《わり》ぃ悪ぃ。つまんねえ質問をした。許せ」

カシャリと音を立てて、アウグレーンが正眼《せいがん》に剣を構え直す。

「全てが終わった後にどこぞの国に身を寄せようが、首を括ろうが、お前の自由。んな事は分かっちゃいたんだが少しばかり気になってな」

どうしてだろうなァ？と言って、彼は首を曲げた。

「さぁ、続けようか。お前を地獄の底に叩き落とした男は目の前にいるぜ⁉」

「言われなくとも、」

——そのつもり。

最後の言葉は心の中で呟き、私は足に力を込める。

そして床を蹴り、鍛え上げた跳躍力と速度を用いて再度肉薄。

直後、轟く金属音。剣同士がぶつかったのだと周囲の者が理解する前に、

「が、っ……」

私は追撃を放って、アウグレーンの身を斬り刻む。そして、立て直す暇を与えず三撃目。

「は、ええんだよ、く、そがッ、！」

忙しなく左右に動くアウグレーンの瞳。

しかしその瞳が捉えているのは、私が動いた軌跡のみ。

時折刃が重なり合う音が響くも、肉の上を走る剣は止まる事を知らない。絶えず四撃、五撃、六、七──。

嵐を思わせる激烈な剣風。

間断の無い連撃猛攻は止まる事なく、続く。

振るって、振るって、振るって。

しかしアウグレーンは守りに徹してそれを耽耽《たんたん》と耐え、攻撃の継ぎ目の僅かな隙を目掛け、行動を起こす。

「く、はっ」

口元を円弧に曲げ、殺《と》ったとばかりに破顔する。

「肉を、切らせて……骨を断つッ」

馬鹿がッ、と嘲りを声に出しながら、アウグレーンは必殺の突きを繰り出す。

その突きは、見事としか言いようがない、洗練されたものであった。恐らく、私ですら時と場合が違えば避けられなかったであろうと確信するほどに。

アウグレーンにとっての悲劇は、私が既に武の極致《きょくち》に至ってしまった人外の戦闘技術を、実際に

目にしていた事だろう。

故に。

「って、……おいおい」

その一撃は、視《み》えていた。

「これを、躱《かわ》せるのか——いや、」

彼の驚愕は、まだ終わらない。

何故ならば、突き出されたその剣先を、私の右腕がガシリと掴んでいたから。

彼の本能は全てを察した筈だ。

この次に、何が起こるのか。

そしてそれを避ける手段が失われてしまった事を。

「はっ、……世界は広《ひれ》ぇな」

諦念を孕んだ言葉を耳にしながら、私はアウグレーン目掛けて剣を振り下ろす。

眼前に——深緋《ふかひ》の花が咲いた。

12

私に斬りつけられたアウグレーンはふらりと蹌踉《よろ》めき、覚束《おぼつか》ない足取りで後退。背中が壁に当たるや否や、もたれ掛かるようにして、ずずと壁に背を擦らせながら尻餅をついた。

「領主、様……ッ!!」

「うっせ、え。だまれ」

私を恨みがましく睥睨《へいげい》するアウグレーン。その護衛役の一人が、声を荒らげて彼の元へ慌てて駆け寄ろうとするも、一蹴される。

「かぁー……まさかまさか、斬られちまった」

肩の付け根部分から、一筋の線が袈裟懸けに走っており、傷口から浮かび上がる鮮血が痛々しい彩りを添えている。

「生みの親だろうと、貴方は殺すと決めてた」

口だけだとでも思っていたのか。

アウグレーンの口から聞こえてきた言葉はまるで、想定外だと言わんばかりのもので。だから私は、改めて言った。

「……そうじゃねえよ。んな事は百も承知だ。言った、ろ？　恨まれる覚えはある、ってな」

「……だったら、」

「この先が見られねえ事がオレは残念でなァ⁉」

もう、身体は限界に近いだろうに精一杯の虚勢を張り、彼は哮《たけ》り吼《ほ》える。

そして私に焦点を結んだまま、アウグレーンの瞳は一瞬たりとも動かない。

「お前がベイセストに来る事は……誰もが予想していた。だからツェレアは気付いてねえだろうが、王宮勤めのエリート共が程なくして此処《ここ》へ押し寄せてくる」

「それで？」

「は、ははっ。これっぽっちも動揺が見られねえ。王宮勤めの温室育ちじゃ、お前には脅威に映らねえってか」

いやはや、随分と愉快な答えだ。

アウグレーンは、面白可笑しそうに笑った。

「私の前に立ち塞がる者は、誰だろうと殺す。私にはそうするだけの理由がある」

大義でも、なんでもない。

ただの私怨《しえん》。全くもって褒められたものでない事は納得ずく。それでも私には深く根付いた恨みがある。この国に住まう人間の大半を、嫌悪している。

「元より全員壊《殺》すつもりだった。そんな私がたかが数十、数百の人間が押し寄せてくるからといって動揺なんてするもんか」

その程度で揺らぐならば、全てを殺《壊》すなんて大言を吐いていない、と心中で付け足す。

「……確かに、なァ。実家とはいえ、今のお前にとっちゃ此処は敵陣も敵陣だ。そんな場所に一人でやって来るんだ。んな馬鹿げた考えを持ってると言われた方が、オレも納得がいく」

アウグレーンの言葉から失われていく覇気《はき》。

斬り付けた私だからこそ分かるが……あの一撃は間違いなく致命傷だった。

「……それはそう、と」

「………………」

「なァ、ツェレア」

名を呼ぶなと言っても、アウグレーンが聞く耳を持たない事は分かり切っている。

だから、今さら訂正しろとは言わないが、こうも捨てた名を呼ばれては沸々《ふつふつ》と苛立って仕方がない。

アウグレーンはもう死にかけ。

最期くらい痛みに悶えながら死ねば良いのだと思い、見下ろしながら続く言葉を待っていると、

「なんで、オレを斬ってくれたよ？」

理解に苦しむ返答がやって来た。

「どうやってそんな力を身につけたのかは知らねえし、知る気もねえ。だけどよ、お前くらいの力があれば、もっと違った殺し方も選べたろ？」

「………」

「見た、感じ。まだまだ手札を残してるように見えた。それこそ、打ち合いの中で右腕を斬り落とすくれぇ、わけなかっただろ？」

「みぎ、うで」

「剣を握られたあの瞬間に、分かった。こりゃ生身じゃねえな、ってな」

あの時か、と目を伏せる。

ラナーに用意して貰った義手は長袖に通している事もあり、ぱっと見では義手だと中々気付き難い。

「恨みを抱いてるってほざくわりにゃ、お前も存外甘《あめ》ぇな。いや……ツェレアだからこその、この甘さか。く、はっ。クハはッ。あはははははッッ!!」

ゲホッ、ゲホッと咳き込み、赤色の飛沫《しぶき》を飛ばすアウグレーンを見下ろしながら、馬鹿だコイツと私は蔑む。

彼は、紛れもなく強者だ。

こうして致命傷を負いながらも中々くたばらないのが、その証。苦しんで死ねば良いと思う私からすれば好都合であるけれど、しぶといなとも思わざるを得ない。

「復讐を掲げるんなら、もうちっとばかし残酷になるべきだ。せめて右腕をはじめに斬り落とすくれぇにはな」

「何それ。もしかして今斬り落とされたいの？」

「ちげ、ぇ。そうじゃなくて、だな。オレは、根っからのろくでなしだからよ。ただ他人の不幸を望んでるだけだ。お前の次の矛先が誰に向かってるかなんざ、容易に想像がつく。そいつが悲鳴を上げながら精々苦しめばいいなと思ったからこその、助言だっつーの」

「あっ、そ」

性格悪、なんて思いながら溜息を吐くと、ふいにアウグレーンは「丘」と声を出した。

「なぁ、ツェレア。お前、いつでも良い。西の丘に行ってこいよ」

「西の、丘」

彼の言葉を耳にし、脳裏に浮かんだ光景は——西の丘付近に位置する〝霊園〟であった。

「お前の甘さに対する礼だ……お前の母親の隣で眠ってる」

何が、とは聞かない。

霊園で眠るものなぞ、一つだけだからだ。

「最期に、ひとつだけ聞かせて」

「なんだよ」

「カレンを手にかけたのは誰」

「オレとは思わねえのかよ？」

「……今までの会話の中で、貴方はカレンを殺したと言う事を意識的に避けてた」

「そうだっけか？」

にぃ、と血の気が失われた蒼白の相貌で力なく笑う。

「だから、答えて。カレンを殺したのは誰」

……そいつに対してだけは、きっと私は鬼になれる。

肢体を斬り刻んで尚、飽き足らないまでの凄絶《せいぜつ》な行為に手を染められる。どんな外道も、非道だって進んでいける。だから、そいつの正体に確信を持ちたかった。

「それは、お前自身で見つけるんだな」

私の殺気がアウグレーンに向く。

「言ったろ？　オレはろくでなしよ。一から十まで教えてやれるほどお人好しじゃねえ。たとえ相手が血の繋がった娘だろうと、な？　……だが、これだけは教えてやろうか」

アウグレーンは天井を仰ぎ見ながら、真剣な語調で言う。

「オレは誓って、身内を己の手で殺した事はねぇ」

――見捨てた事はあれど、誓って己の手で斬り殺した事はねえ。それだけが、オレの中で唯一の人間らしい部分だ……ま、クズには変わりねえがな。く、はハッ。

「……あっそ」

その言葉に対する私の答えは、酷く淡白なものだった。最早、今更何をとしか思えなかった。

そして無言で踵《きびす》を返す。

「……殺さなくて、いいのかよ？」

「どちみちもう助からない。傷は臓器まで達してる上、血も流し過ぎ。今此処で首を飛ばせばそれだけ貴方が苦しまずに済んでしまう。だから、トドメは刺さない」

私が殺したという事実はもう揺らがない。

だから私は、もう良かった。精々あとは、因果応報《いんがおうほう》に苦しんで死ねばいい。そう思い、私はその場を後にする事にした。

「……甘《あめ》ぇ」

ポツリと。

「甘《あめ》ぇ……甘《あめ》ぇよツェレア。カレンドュラみてぇにくそ甘《あめ》ぇ」

ずっと、昔。

もう七年も前の話。

己の側にいた二人の子供が好んで食していた洋菓子――カレンドュラを持ち出し、アウグレーンは仕方なさそうに笑い続ける。

その洋菓子は二人のうちの一人が自作したもので、作ってみせた彼女の名を取ってカレンドュラと名付けられた。娘にちなんだその名を口にし、彼は柄にもなく感傷に浸っていた。

「ほんと、」

そして、薄れていた命の灯火《ともしび》は。

「救えねえくらいに、甘《あめ》ぇよお前は」

――――なぁ、ツエレア。

その言葉を残し、儚《はかな》く消えた。

13

「……結局、誰も追って来なかった……ね」

あの後、アウグレーンの最期を見届ける事なく去った私は、追っ手が来たならば即座に殺せるように準備をしていたものの、あの場にいた者は誰一人として私を追っては来なかった。

まるで、そうしろと指示でもされていたかのように。

「……ま、でも、当初の予定は達成された」

父親であるアウグレーンはこの手で斬った。

話も聞けた。妹であるカレンの事についても。

別に、あの場にいた護衛役の者達全てを今すぐ斬らなければならない事情は、私には無い。

だから、今はこれで良いか……。

などと思った矢先。

「やはり、此処へやって来たか」

ベイセストの屋敷を後にした直後、男の声が私の耳を掠めた。

どうやら私が屋敷の外に出てくるのを、今か今かと待っていたらしい。その証拠に、屋敷を囲うように配置されている大勢の兵士の姿が、私の視界に映り込んだ。

「その様子を見る限り、ベイセスト卿は上手くやってくれたらしい。疲弊《ひへい》した獲物ほど、狩りやすいものもないからな」

「疲弊？　私が？」

反射的に返答した私はふと、己の身体へと視線を落とす。

べっとりと鉄臭い血に塗れた衣類と、肌。

返り血とは一目では分からないほどの夥《おびただ》しい量の血が、私を凄惨《せいさん》に飾っている。

私はぐるりと左右に視線を巡らせ、騎士と思しき人間数十人ほどの姿を確認した後、侮蔑を込めてハッ、と鼻で笑う。

「仮に、そうだとしても……」

そう言って、私は手にしていた剣を大地に突き刺す。

入り口を囲うように控えていた騎士達の視線が、一斉に剣へ向く。

「私がお前達程度を殺せない道理が何処にあるかなぁ？」

コイツらは、王家に仕える騎士。

あんなクソ共を守る害悪。

嗚呼、嗚呼……あぁ、どうしようもなく頭がくらくらする。

憎悪と殺意がもたらす一種の酩酊《めいてい》感。

不思議と、気分は悪くなかった。

「寝言は寝てから言いなよ」

地面を蹴り、土塊《つちくれ》を飛ばしながら跳躍。

その場にいた全員の意表を突く速さであったが故に、

「それと、さあ」

数十メートルもの距離を、刹那でゼロに詰めた私についてこられた者は皆無《かいむ》。

急に私が目の前に現れた。自信ありげに私へ話しかけてきていた男は、そんな感想を抱いた事だろう。

しかし、これればかりは自業自得と言わざるを得ない。

強い者が生き残り、弱い者は無力に喘ぎ、死ぬ。それが戦場の摂理だ。そして、目の前の男はより弱者であった。

だから――。

「驕《おご》り高ぶり、人をなめるのも大概にしろ」

私はドスをきかせた憤怒の声を、腹の底から響かせる。

「私を捕らえ、殺したいのなら――」

ただ、ただ、がむしゃらに剣を振るう日々だった。魔法を鍛える日々だった。

復讐の為だけに生き、邁進《まいしん》し、たとえ国中の全ての人間から刃を向けられようとも、殺し切る。

衰《おとろ》える事のない憎悪と滾《たぎ》る憤懣《ふんまん》を抱き、私は七年もの歳月を待った。

「――覚悟の一つでも決めてから私の前に立てッッ!!」

無手の右腕を振るう。

剣は大地に突き刺したまま。誰に知覚される事もなく、顕現するもう一つの青白の剣――〝蒼き剣群《エ・スパーダ》〟。

こいつらを前にしていると、どうしようもなく腹が立つ。

少なくとも、アウグレーンはこいつらとは違った。

私に殺される覚悟を元より抱いていた。

対してこいつらにあるのは、数で押し込めば良いという甘い考え。

人を殺すというのに、何の覚悟も、労力も割《さ》かずに為そうとする、その腐った貴族らしい性根に腹が立った。

〝蒼き剣群《エ・スパーダ》〟の出現に次いで、場に浸透する驚愕。

そしていやに響くゴトリ、と何かが落下する物音。

「た、いちょう……ッッ!!」

「〝広がれ――――蒼き剣群《エ・スパーダ》〟」

男は一瞬にして首から上を斬り飛ばされ、物言わぬ骸《むくろ》と化す。

そして一気に空気が緊迫する。

此処が生温い戦場であるという誤った認識は、一人の死を以て跡形もなく消し飛んだ。

――甘《あめ》え。

声が聞こえる。

——甘《あめ》ぇよツェレア。

それは、つい先程まで耳にしていた声。

忘れたい筈の声が、どうしてか私の頭の中で幾度となく木霊《こだま》していた。

自覚は無いけれど、他者から見て甘いというならば、つまりそうなのだろう。

だけどそれでもひとつだけ言える事がある。

それは、

「甘い、のかなあ」

「私はそうは思わないけどな」

——だって、こんなにも人として壊れた私が甘いなんて、とてもじゃないけど思えない。

抱いた感想を胸中に押し止め、私は気持ちがいいくらい酷薄に嗤《わら》う。

だって、だって。

此処にはこんなにも、己の憎悪を容赦なくぶつけられる相手がいる。私のこの七年が価値のあるものだったのだと証明出来る機会が沢山転がっている。

殺しても良いのだ。

否、殺すべき相手だ。コイツらは、あの腐り切った王族を守る為に存在する連中。そんな奴らは即刻この場で殺してしまうべきだ。始末するべきだ。
直ちに、今すぐ。
あぁ、嗚呼、ああ……。
喜悦に、愉悦に、己の口角が吊り上がり円弧に歪む。
「は、ハはっ。アハはッ、あはははははハハ!!」
壊れた嗤《わら》い声が場に轟く。
周囲に浮かぶ数百もの青白の剣が、幻想めいた光景をつくりだしている。
これこそが、私が夢見た光景。
全てを壊す事の出来る最上の状況。
人として当たり前の人倫《じんりん》は、捨ててきた。
人殺し、親殺し、そんな事への忌避は今更存在しない。
斬って斬って斬って斬って斬って殺して殺して斬って。全てを壊す事こそが私の本懐。
「全部!! ぜんぶっ、ゼンブッッ!!!」
それを成したとしても、何一つ得るものは無いと知りながら。
それでも、止まる事は出来なかった。
思いとどまる選択肢は選べなかった。

何故ならば、私に残されていた道はこれだけだったから。これしか、なかったから。

「────コワレテシマエ」

14

「────きっと、己《俺》の出した答えは間違ってないんだろうさ」

誰からも忌み嫌われるべき存在。

それが〝魔王〟。

彼の歩む道は修羅《しゅら》の道。己と同じ境遇の者を除き、誰からも理解されない歪みきった道。

「当たり前の日常を壊され、知らぬ間に掛け替えのない家族を失った。いつかやって来る復讐の日を夢見て、生き続け、生き続け……腕を失おうとも、抗《あらが》い続けた。そんな、まるで俺のような奴を、誰が助けられるだろうか？　誰が救う事が出来るだろうか？　誰が、手を貸す事が出来るのだろうか？」

親を、王族を、婚約者を、国を。

己を見捨て、突き放した全ての人間をもう、視界に収めたくない。のうのうと生きている事を知るだけで壊れて、しまいそうだ。だから、だから……私は殺したい。

そんな心の慟哭《どうこく》を漏らしていた少女を、誰が救えるだろうか。

――きっと、救えるのは己《俺》くらいのものだろう。人という人から忌み嫌われる〝魔王〟と呼ばれる、己《俺》くらい。

……ただ、どうしてか。

今回に限りあのいけ好かない女神が出しゃばってはいたが、それでも。

「俺は、救いたいのだ。あのツェレア・ベイセスト《少女》を」

王都のど真ん中。

騎士という騎士。数百もの人間に敵意を向けられながらも、何食わぬ顔で男――〝魔王〟はそう宣《のたま》う。

その場に降り立ったわけは、同胞《はらから》である一人の少女の為。彼女が復讐を果たす手伝いをする為に、彼はこうして姿をさらしていた。

「お前達が言葉の真意を知る必要なぞない。何せ、お前達のような畜生《ちくしょう》に、言葉はいらんだろう？」

剣を掲げ、無造作に振り下ろす。

添えられた言葉はただ一つ。

冷酷な一言は、どこまでも場を凍りつかせる。

「なぁ――？　取り敢えず全員、死にさらせ」

燃ゆる太陽のように真っ赤に染まった飛沫《しぶき》が舞う。真紅に塗れた液状の何かが、大地に凄惨で鮮烈過ぎる彩りを添えた。

爆音も、喧騒《けんそう》も、何もない。

魔王を中心として形成された世界は、音を切り取られ静寂そのものだった。深い寂寞《せきばく》が全てを包み込んでいる。

ゆらり、ゆらりと、まるで散歩でもするかのような軽《かろ》やかな足取り。しかし、纏《まと》う気配は抜き身の刃のように冷ややか。

酷薄に、残虐に、悪辣《あくらつ》に研ぎ澄まされていた。

その圧は、居合わせた全員の声を封殺《ふうさつ》し、否応無しにくちびるを真一文字に引き結ばせる。

悠然と近づいてくるその様子は一見、隙だらけのようにも見えるが、勿論そう見せているだけ。魔王に本当の意味での隙なんてある筈がない。そんな間があったとしても、知覚するまでもなく斬り殺される。その予感が誰しもの頭にこびりついていた。

そんな中、

「距離を、とれ……っ‼　決して近づくな……ッ‼」

立つ事すらままならない身体に信号を送り、今すぐにこの場から逃げ出せと訴えかける本能を二の次に、声を荒らげる人物がいた。

行動を起こさなければ、この場にいるすべての人間が無駄死にしてしまう。それはあまりに拙《まず》く、あまりに愚か過ぎる。

「そいつは、魔王だぞ‼　許しを乞うて見逃すような者ではない……‼　何を惚《ほう》けているお前らッッ！！？」

正気を取り戻させんと、男は腹の底から声を張り上げた。騎士だろう男のその大声を皮切りに、

「……そうだ、そうだ」といった声が上がる。

しかし、士気は未だ底辺。

その理由は、明白。目を背けられないほどの鮮血とその臭いが、その場にいる者の表情を歪ませていた。

数瞬前に起きた出来事が、彼らの身体を見えない鎖で雁字搦《がんじがら》めにしていたのだ。

「あぁ、その通りだとも。容赦などとうの昔に何処かへ捨ててきた。甘さなぞ、己の足を引っ張るだけの無用《むよう》の長物《ちょうぶつ》だと断じている。故に俺の剣に赦しなどない……もっとも、冥府《めいふ》に送る事を赦しと言うならば話は別だろうがな」

一度剣を振るえば赤い飛沫《しぶき》が舞う。

騎士達の命の灯火は剣風に吹かれ、儚く消える。

魔王の周囲には既に数十もの屍が折り重なり、血の川を垂れ流している。その様はまさに死屍《しし》

累々《るいるい》。

濃密に漂う死の気配に、歴戦の騎士達さえも竦み、立ち往生《おうじょう》する者すら見受けられた。

魔王が暴虐の限りを尽くす理由は、騎士である彼らには理解し得ない。

あるのはただ、彼らがこの闘争を避ける事は出来ないという事実だけ。

仲間を先導せんとする男は鋭く息を吐き、腰に下げていた剣を正眼《せいがん》に構えた。

「貴様だけはゆる、さん……ッッ」

男の視線は血の海に沈む骸に向けられていた。

その中に知人でもいたのだろう。憎悪が手に取るように感じられる。しかし、だ。

「全く、異《い》な事を宣う輩《やから》もいたものだ。剣を手にした戦場《いくさば》に、赦すも赦さないも存在するものか。あるのはただ、勝者が正しいという摂理のみ」

その摂理が押し通ってしまう場は、この世の中でただふたつ。

権力が全てとされる、魑魅魍魎《ちみもうりょう》はびこる宮中。

そして、此処——力が全ての戦場のみ。

「俺はこの行為が間違っているとは思わない。寧《むし》ろ、どこまでも正しいと考えている。これしかないと思っている。お前ら権力者の大好きな力が全ての場だ」

問答相手の地位がそれなりに高いものであると看破し、魔王は嘲るような態度で言葉を重ねる。

「百、千、万と人が入り乱れる戦場においては、例外なく数が全てであると。かつて俺にそんな馬鹿馬鹿しい理論を説いた者もいたが……どうだろうか。この場にいる全てと俺一人。死闘の果てに、ともすればお前の刃がこの身に届くやもしれないぞ？」

馬鹿にしている。

そう捉えたのか、男だけではなく、他の者達からも負の感情が漏れ出していた。

しかしそんな彼らの心境をよそに、魔王の言葉はまだ止まらない。

「とはいえ、俺も手を貸すと約束した以上、請け負った役目は果たさねばならん」

それはツェレア・ベイセストと交わした唯一の約束。

本来ならば、己一人で成したかったであろう復讐。その手助け。

「悪だ、なんだと俺を指して宣うのは一向に構わん。理解して欲しいと願った事など一度として無い。己を善人として見て欲しいと渇望した事も同様に、な」

骨をも砕くような濃密な殺意が、魔王の身体から溢れ出る。

全身の至る箇所より、黒い靄《もや》が立ち上る。ぞっとするほど悍《おぞ》ましいそれが魔王の殺気なのだと理解出来たのは、一体幾人であったか。

「大人しく屍と化す事を拒むというのなら……俺の進む道を阻むというのなら、その身で己の正義を証明してみせろ」

——戦場《此処》は、そういう場だ。

俺を殺せるものならば殺してみろ。

明らかにそうと分かる嘲弄を顔に貼り付け、魔王は小さく笑う。

「だが、ただ戦うだけではつまらん。まあなに、ここはひとつ、俺の世間話を聞いていけ、お前ら」

不思議と透き通る声は、然程《さほど》声量を出していないにもかかわらず、その場にいた者全ての脳髄へ浸み込んでいく。

そこへ、魔王へ近接する影が二つ。

隠形《おんぎょう》でもしていたのか、味方ですらも数瞬ばかり知覚が遅れた。

背後から狙いを定められた魔王ならば尚更だ。背中に目玉でもぶら下げていない限り、誰もが回避は不可能と思えた。そしてやって来るであろう呆気ない未来を夢想して。

「が……ッ、⁉」

迫っていた二つの影が大地からふっと消え、突如として宙に跳ね上がった。

それらはゴキリと人体から聞こえてはならぬ音を発し、遅れて地面に落下する。続いてやって来たのは静寂。

一体何をした……？という畏怖《いふ》と驚愕を混ぜ込んだ感情が、際限なく膨らんでいく。

「俺にはな、友人がいるんだ。少女と言って差し支《つか》えない隻腕《せきわん》の友人が一人、な」

懐かしむようにして始まった昔語り。

「その友人は、それはそれは哀れな人間だった。同情の余地しかない不幸過ぎる少女だった」

懐古すると同時、もう数年も前の事を魔王は幻視する。

「とある王子のワガママにより、その少女はあらぬ罪科《ざいか》を着せられた。その結果、国中全ての人間から見捨てられ、突き放される事になってしまった。己の罪すら認めようとしない救いようのない悪逆無道の令嬢、と認識されてしまった少女に、居場所なんてものは何処にもなく。たどり着いた先は――人が排他《はいた》された場所である〝魔の森〟」

接近して仕留めるのが無理ならば、遠距離から魔法を使い、殺し切る。

そう考えたのか、数名ほどの騎士が掌を向けて詠唱を始める。此処で殺さなければならないと焦燥し切った故か。

そして、青光が魔王に迫る。その速度はここにきて最速。なれど、その青光《魔法》ですらも届く事なく、まるで見えない壁にでも阻まれたかのように霧散した。

「そこは死が当然のようにはびこる魔窟だった。ただの少女として生きてきたそいつは、生きる事すらままならず……かといって、幻覚を見ていたせいで自刃《じじん》する事すら出来なかったらしい」

今は、幻覚を見て怯えていた弱い己の過去をひた隠しにして、復讐を遂げるまでは死ぬに死ねなかっただけだと見栄を張っているがな、と付け加える。

「お前らは、人が死ねばどうなると思う？　罪人が堕ちるとされる『地獄』に行くか。はたまた、徳人の行くべき道として知られる『天国』に？　……まあ、そう考えるのが普通よ。俺は違ったがな」

少女は、いつまでも忘れられなかった。

己を突き放し、蔑む多くの瞳が。

己に向けられたその感情がどうしても忘れられず、幻覚として己を襲い、今尚、表に出す事はないが苦しんでいた。

きっと彼女は救われたいのだ。

その地獄から。

きっと彼女は解放されたいのだ。

己を蝕《むしば》む過去から。

「俺達は違うのだ。そもそも、死んだ先に救いが待っていると考えられるほどに余裕が無い上、そこまで都合良く考えられるような目出度《めでた》い頭を持っていない」

――故に、選択肢としては、何とかしてこの地獄から解放される手段を探すしかないのだ。それが出来なければ、幻覚に侵され、痛苦を味わい続けるしかないのだ。

「その過程で、少女は腕を失った。だが、ただ失ったわけではない。魔窟である〝魔の森〟にて腕を失ったのだ……あそこは血に聡《さと》い連中が多い。血の臭いを撒き散らそうものならば、そこかしこから群がられ、捕食される末路しか残っていない。だから少女は、傷口を焼いたのだ。幸い魔法には通じていたらしくな。焼け爛《ただ》れた右腕を己で作り上げた」

痛苦から解放されたいと願った時、人は生から逃れようとすると言う学者がいる。しかし、魔王からすれば、実際にはそんな事は不可能である。断じて、不可能だ。

……それは、過去が邪魔をするから。

己を襲う幻覚がその道を阻み、ぐにゃりと歪める。このまま死んだとしても、また同じ痛苦が待っているのではないのか。そう思うと死ぬに死ねなくなる。払拭《ふっしょく》する為には早い話、己を苛《さいな》む全てを壊すしか、選択肢は用意されていないのだ。

救いなぞ、何処にも用意されてはいない。

「腹が決まったのは、恐らくその出来事があったからだろう。己の身体が壊れていく様を目にすれば、嫌でも自覚する。この世界こそが、まごう事なき〝地獄〟なのだと。けれど、そいつの地獄にはまだ続きが残されていた。勿論救いではない。当然、より凄惨な地獄だ」

地獄。

それはあまりに陳腐《ちんぷ》なふた文字。なれど、魔王はひたすらにそれを繰り返し使う。

彼にとって〝地獄〟とは、それほどまでに思い入れがあり、重く圧しかかる言葉であったから。

「目先の地獄に囚われ、目がくらむどころか、そいつは盲目《もうもく》に成り果てていた。故に気付けなかった……己にも、救いと言える家族の存在があったのだと」

あらぬ方角へ顔を向け、魔王は語る。

まだその事実に気付いていないかつての少女に、そんな事はないぞとばかりに笑んでみせる。

「己が苦しんで、苦しんで、地獄を見て。消えない幻覚に、気が触れて。それ故に復讐を誓ったそいつにもあった、たったひとつの拠り所。だが、そんなものはとうの昔に消え去っていた。物言わぬ墓標に変わってしまっていた」

魔王と呼ばれる男が少女に抱いた感情は、憐《あわ》れみか、嘆きか、同情か。

……はたまた、その全てか。

「それを知って、少女はまた壊れた。人を恨んで、神を恨んで、世界を恨んで」

己には何も残っていないのだと、孤独の日々が何度も、何度も、何度も、自覚を促してきて。

「果てにたどり着いた答えが――――こんな世界は壊れてしまえばいい」

その日を境に、少女は貪欲《どんよく》に力を求めるようになった。生きる為ではなく、何かを壊す為に。

何もかもを壊せるだけの、暴虐を。

己を苛む幻覚と、過去を払拭出来るだけの、誰にも否定される事のない力を。

「俺がそいつと出会ったのも……その頃か……ボロボロに壊れた身体を束《たば》ねるのは復讐の意志。ボロ切れのような心《タマシイ》を動かすのは、壊すというたったひとつの渇望《かつぼう》」

人として見れば、その少女は壊れきっている。

されど、生来の性格故か、根っこの部分まで腐り果てる事はなかった。

それが、ラナーが指摘するところの「人間らしさ」であり、端的に言えば「甘さ」であった。

「そんな憐れな、俺と同様の境遇のやつを、俺は救ってやりたかった。底の見えぬ洞《ほら》に身体を埋めるそいつを助けてやりたかった‼　故に、俺はこの場で剣を振るっているッ！！！」

大仰に、見せつけるように、彼は手を広げて空を仰ぐ。

「……だが、そいつは俺のような鬼ではなかった。もし、お前らに良心が残っているのならば、それを悔い、己の前に片腕を差し出せと告げていた」

しかし。

「それを拒み、この現状を望んだのはお前らだ……いや、王家と、事情を知悉《ちしつ》した貴族連中、と言った方が正しいか？」

ざわめきが起こる。

それは、明確な動揺であった。

「あろう事か、お前らはそんなやつに、神託で指名されたから身を粉にして働けと命じ、拒むとすぐさま、あり得ないと詰め寄った。そして討伐が失敗するや否や、責任を押し付けるべく騎士を仕向け、首を晒そうと試みた。酷い話だと思わないか？」

これが計画の仕上げ。

少女――ツェレア・ベイセストが望んでいた通りの展開に、漸くたどり着く。

「どちらが悪で、どちらが正義か。ここまで言えば如何にお前らとて分かるだろう？」

実際には、ツェレア・ベイセストは、決して誰一人として許すつもりはなかった。腕を差し出せというのは、無理と分かった上で吹っ掛けた難題に過ぎない。けれど、この言葉を聞けば誰しもが誘導されてしまう。王家と、貴族連中がこの惨状の原因を作ったのだ、と。

「お前らには王家連中《あいつら》を責める権利がある。だが同時、屍を晒す運命にもある。何故ならばお前らも王家連中《あいつら》と同罪だからだ」

魔王は、この場にいる全員を殺すつもりはなかった。

後々国を分裂させる為に、この事実を、この経緯を伝える役を請け負うべき者が、幾人か必要であると考えていたから。

改めて、己を取り囲む人間達へと向き直る。

「この復讐の、邪魔はさせない」

彼は手を差し伸べると決めた。

救ってやろうと思った。

救い、助けてやりたいと、そう思った。

「きっと、これこそが俺の役目」

他の魔族も、彼と同様に憎悪から生まれた者達だ。しかし、魔王と呼ばれる彼だけは、いつまで経とうがその渇望が満たされる事はなかった。

きっと、その理由はコレなのだろう。

話は、もう終わり。

たった一人で地獄を生きた少女が唯一漏らした渇望は、どこまでも彼の魂に沁み込んだ。

「さァッ、復讐者《魔王》の凱旋《がいせん》だ！！！　暴虐の到来だ！！！　死にたくなくば――――ッ!!」

喜悦に口角を歪め、腹の底から声を轟かせる。

冷静沈着だった今までとは、まるで正反対の獰猛《どうもう》さを以てして。

「屍を晒すその瞬間まで、抗ってみせろよ！！！？　なァッッ！！？」

15

大地に――溢れんばかりの屍が咲いていた。全てが消えて逝《い》く。暴虐《魔王》の前においては、皆全てが消えて逝く。気付けば天は暗雲に閉ざされ、不穏な空模様が果てしなく広がっていた。

「………」

僅かな隙間より射し込む、煉獄《れんごく》を思わせる黄昏《たそがれ》色《いろ》の光にあてられていた魔王は、無言でぶんっ、と剣を振って血を払う。

辺りには見渡す限りの骸《むくろ》と血溜まりが広がっており、それはまるで墓標のようで。

「こんな、ものか」

そう口にする魔王のすぐ側に、影が落ちる。

「魔王様」

直後、一陣の風が吹いた。

「なんだ」

「お伝えしたい事が一点」

それは人影であった。

現れたのは、頭から二本の角を生やした妙齢《みょうれい》の褐色肌《かっしょくはだ》の女性。人が魔族と呼ぶ存在であった。

「王城には既に王族の姿はなく、重要人物は軒並みあの城から逃げ果《お》せました」

「そうか。それは重畳《ちょうじょう》」

今回の目的は、王族とその腰巾着《こしぎんちゃく》である貴族連中が悪の根源だと、生き残っている民草に知らせる事。そして、その悪を王城から追い出す事であった。

「無条件に王家を慕《した》っていた筈の民は、これで恨みを抱く刃に変わった。王族共が国から出られないように、既に魔族《仲間》を隙間なく配置している。これで、ツェレア《あ》・ベイ《い》セ《つ》ストが望んでいた通りの展開にたどり着いた」

「……再現、ですか」

「ああ、そうだ。己と同じ苦しみを味わわせる。それが、あいつの望みだからな」

何処にも救いはなくて。

誰も彼もが敵。誰も信用なんて出来ない世界。

そんな、地獄を味わわせる。

その渇望を満たす為の、この計画であった。

「それで、あいつはどうしている？」

「西の丘に」

「西の丘？」

「……墓地にて、死者を弔《とむら》ってらっしゃいます」

「そう、か。なら……放っておいてやれ」

「畏《かしこ》まりました」

伝えるべき事柄は伝えた。

普段であれば、報告を終えると迷わず消えていた彼女であったが、此度は何故か頭を下げたまま硬直状態を貫いていた。それはまるで、魔王からの言葉を待ち望んでいるかのようで。

「……発言を許す。その様子を見る限り、何か聞きたい事でもあるのだろう？　遠慮はいらん」

「では、ひとつだけ」

視線を大地に落としていた彼女は、魔王の許しを得るや否や、顔を上げてじっ、と視線を送る。

「ここまでする理由とは、一体何なのでしょうか？」

「はっ……妙な偶然もあるものだな」

「と、言いますと」

「つい最近、他の者からもそんな質問をされた」

――どうして魔王様は、あの人間に執着するのですか。

そんな、質問。

言葉こそ違えど、問われた内容に相違は無い。それは、尋ねられた魔王自身が誰よりも理解していた。

「その者からは、俺が『執着』をしていると」

お前はどうしてそう思った？

……何より、何故それを口にしようと思った？

酷く据わった仄暗《ほのぐら》い魔王の瞳が、無言で魔族の女性をそう問い質《ただ》していた。

「……単純に、ここまでなされる事が初めてだったからです」

「ツェレア《あ》・ベイ《い》セスト《っ》のたどった道を事細かに調べ、こうしてお節介過ぎるくらいに手を貸している事が、か」

魔王が誰かの復讐に手を貸す。

その事自体は何も不思議ではない。実際に彼は、これまで幾度となく誰かの無念の為に手を貸し続けてきた。

……疑問に思うのは、手を貸すその対象。加えて、その内容だ。

「こんな茶番に付き合う義理は……無かったのではないでしょうか」

そもそもこの計画は、当初は全く違う展開を予定していた。

……ツェレア・ベイセストは、ただ単純に己を不幸のどん底へ落とした元凶を屠《ほふ》り、全てを終わらせようとしていた。しかし、それに待ったをかけた人物こそが、事情を全て知った魔王その者であった。

本当にそれで良いのか、と。どうしてか彼は執拗《しつよう》に問いかけた。その結果、生まれたのが今の計画。

「割といつも、茶番をしている気がするがな」

魔王は笑う。

面白可笑しそうに、彼は笑っていた。

「…………」

その様子を目にしたからか、女性の魔族は喉元まで出かかっていた言葉を吐き出すべきか逡巡した後、僅かに言い詰まりながらも、

「魔王様は、本来……人を斬れないお方でしょうに」

抱いていた思いを、吐露する。

瞬間、ほんの一瞬だけ魔王の顔から表情が抜け落ちた。

「……冗談にしても、もっとマトモなものはなかったのか。実際にこうして斬っていただろうが」

「…………」

その言葉に対し、彼女はじっと魔王を見つめたまま微動だにしない。彼の答えはどうにも、待っていた返事とは異なっていたらしい。

数拍ほど挟み、諦念を表すように魔王は小さな溜息を吐いた。

「どうして、そう思った」

「とても、辛そうだったからです……思えば、いつもそうでした。魔王様は、剣を振るう際はいつ

も笑っていらっしゃいます」

「それの何が、」

「作り物めいた笑みを、いつも、いつも」

まるで本心を隠したがっているようにしか見えません、と彼女は言う。

「これまで、魔王様は例外なく全てを圧倒なさってきた……それは、あまり剣をお使いになりたくなかったから、ではないでしょうか」

「……お前は特に優秀だからと側に置いていたが……それがこうなるとは。思いもしなかった」

そう言って魔王は西の方角に顔を向ける。

「ツェレア・ベイセスト《あいっ》にも、今は一人の時間が必要だろう。国を囲うように魔族《仲間》は配置している。お目当ての奴らが逃げ果《おお》せる事は万が一にもあり得ない。だから、後は時間を待って真綿《まわた》で首を締めるだけ」

ならばいい暇潰しになるか、と言葉を挟む。

「……人間が醜いものであるという事は、魔族《俺達》の中では周知の事実だ。そして、ツェレア・ベイセストもまた、人間だ。不条理に喘ぎ、苦しんだとしても、結局人間だ」

姿形が違うとはいえ、己らと同じ境遇をたどった。

それがツェレア・ベイセストを手助けするお題目だが、「同じ」と言うには些《いささ》か無理がある。

……何せ、魔族の根源となっている〝遺志〟には、無念を抱いたまま死んだという事実までが例外なく含まれているのだから。

先程彼女が嘲りを含めて茶番と言った理由も、恐らくはここに帰結するのだろう。

「これは俺のわがままだ。ただ、俺が勝手にツェレ《あ》ア・ベ《い》イセ《っ》ストに己を重ね、手を貸そうと思った。ただそれだけのわがままよ」

「……魔王様と、重なった……」

「厳密に言うならば、俺ではないがな。家族に重なったのだ。俺の大切だった、家族にな」

「それ、は」

聞くべき内容でなかった。

そう思って後悔でもしたのか、魔族の女性は慌てて閉口しようとするが、魔王自身が遮った。

「ただの暇潰しだ。獲物が悲鳴を上げるまでの、ただの暇潰し」

だから、心置きなく聞いていけ。

興《きょう》が乗ったのか、少しだけ楽しそうに。けれど、やはり哀しみを表情の端々にちりばめながら。

「俺の昔話をしてやろう。そうだな、俺が――〝聖騎士〟なんて呼ばれていた愚かな生前の話を、してやろうか」

それは、もう気が遠くなるほど昔の話。

遠い遠い――時間の果ての記憶。

「俺はな、騎士だったのだ。人を守る為に剣を振るう、そんな騎士だった。皆はそんな俺達の事を〝聖騎士〟と呼び、称えていた」

声援を受ける華やかさとは裏腹に、剣を振るう中で、彼は絶望を味わった。

悔恨《かいこん》を味わった。誰かが側で死んで逝く寂寥《せきりょう》を、味わった。それでも、守るべき人を守れるのならば。

そう思い、来る日も来る日も剣を振るっていた。

それが――〝聖騎士〟としての使命であったから。

「守りたかったから、俺は剣を執った。守りたい人間がいたから、俺は、」

そこで、思わず言葉が止まる。

紡ごうとしていた言葉は頭に思い浮かんでいる筈なのに、声にならない。

「俺、は」

――……魔王、様。

己を気遣う声がやってくる。

まるでそれは無理に言う必要はありませんと、懇願しているようでもあった。けれど。

「剣、を、振るっていたのだ」

彼は話を続ける。

言葉と共にやって来る寂寞《せきばく》に、身が震える。

その理由は単純明快で、どうしようもなく残酷だ。

脳髄に刻み込んだ記憶が、一瞬にして鮮明になる。

「……守り、たかった。俺の剣はそう願い、磨き続けた剣であった」


――おかえり。＊＊＊＊＊。


花が咲いたような笑顔を向けてくる女性の映像が、遅れて声が、空気が、感覚が、記憶が。

何もかも全てが蘇ってくる。

その全てが、〝魔王〟と呼ばれ、暴虐の化身として恐れられている男の、かつての生の中での記憶。理不尽に押し潰されてしまった血色の記憶。

「それでも、俺は決して強い人間ではなかった……数十といた〝聖騎士〟の中で、俺が一番臆病《おくびょう》者《もの》だっただろう。誰かを守りたい。その想いに嘘偽りはない。だが、それ以上に死ぬ事が怖かったのだ。己が死ぬ事で、大切な者と二度と会えなくなってしまう事が怖かったのだ」

だから、必死に生にしがみついた。

勇敢《ゆうかん》と言われなくてもいい。そんな想いを根底に、彼はひたすら剣を振るっていた。

「外から侵略《しんりゃく》してくる異形《いぎょう》の魔物。その侵攻から民草と国土を守る俺達――〝聖騎士〟と、その他の兵士……剣を振るう毎日だったさ。あの頃はな、本当に、剣しか振るっていなかった」

新しく出会う友人。

信頼し、全てを預け合える戦友。

……紡がれていく親交は、それはそれは温かいものであった。向けられる善意に心打たれ、彼は人という生き物は素晴らしいものであると信じて疑わなかった。

人とは助け合う生き物。

嗚呼、嗚呼、なんて素晴らしいものなのか、と。

「そんな俺だからこそ、か。何を犠牲にしてでも守りたい人間がいたのだ……今で言う婚約者ってやつだな」

霞《かすみ》のように儚《はかな》い思い出が、去来する。

もう二度と帰っては来ない幸せだった日常。

血の道を進む彼にも、輝いていた日々は確かにあったのだ。

「綺麗だったさ。凄く、綺麗だった。俺には勿体《もったい》無さ過ぎるくらいに、いい女だった……最期までな」

時として、彼が心を掻き乱すほどに想っていた相手。

後にも先にも彼が焦がれたのはその女性だけ。

「あれは……、俺が遠征《えんせい》に向かっていた時だったか」

どろりと胸の奥で渦巻く負の感情に、必死に蓋をしながら彼は言葉を続ける。

「端的に言えば、重なっただけだ……ツェレア・ベイセストのたどった道が、俺の婚約者にな」

そこまで言えば、どれだけ察しの悪い人間だろうと、彼の婚約者の身に何があったのか理解する事が出来るだろう。

ざり、とノイズが走る。

彼の思考に割り込むように、かつての光景が脳裏に浮かび、現実と重なり合った。

「勿論、全く同じというわけではない。それどころか、他者から見れば似ているかどうかすら怪しいかもしれん」

しかし、彼だけは境遇が似ていると思ってしまった。

だからこうして、手を差し伸べてしまったのだろう。

「それ、は」

「……元はと言えば、俺が弱かった事が全ての原因なのだがな」

自嘲するように。

苦しくて、悲しくて、辛く耐え難い過去を幻視し、己を責め立てる。

「〝聖騎士〟として従軍した長期の遠征で、あの時俺は間違いなく生死の境を彷徨っていた……俺は、その遠征にてとあるアクシデントに巻き込まれてな。そのせいで〝死んだ〟事にされてしまった」

「…………」

「まあ、そのせいで、お国に帰国出来たのがその遠征から二年も後になってしまったのだ。死んだと報告されていても責めはせんよ。俺も逆の立場であったなら、死んだと伝えていただろうからな」

「……では、何故、」

——魔王様は復讐に身を堕としたのですか。

きっとそう言いたいのだろうな、と彼は彼女の思いを汲み取り、小さく笑う。これもまた、自嘲めいた笑みであった。

「俺が帰国した時、彼女はいなかったんだ。国の何処にも、いなかったのだ」

国中を探した。

人にも聞いた。

探して、探して、探して。

だというのに、誰も知らなかった。

……否、知っているだろうに、誰一人として話してはくれなかった。

「どうしてだと思う？」

そう問いかけると、彼女は思わず目を伏せた。

「追い出されたからだ。国から、彼女は追い出されていたんだ……王太子からの求婚を断ったが為に、な」

求婚といえば聞こえはいいが、実際は妾《めかけ》になれというものであったと、事実を知る者の口を割らせて聞き出した。

「そもそも、全て仕組まれていたのだ。俺が従軍した遠征は間違いなく必要なものであった……だが、俺を襲ったアクシデントは、彼女を欲しがった王太子によるものであった」

嵌《は》められたのだと知ったのは、全てが終わってから。

何もかも終わってしまってから、漸く気付けた。

気付かなければ……さぞ、幸せだった事だろう。

懐かしい思い出に浸ると同時、じんわりと目尻に熱がこもっていた。やはり俺は、いつまで経ってもこればっかりは割り切れないらしい、とまた彼は自責した。

「……そして、彼女は俺がいない間にその事実を聞いてしまっていた。だからだろうな……王太子からの誘いを無下《むげ》にしたという事で国から追い出された彼女は、」

ずっと自分を責めて、責めて、責め続けて、異なる部分はあれど、今のツェレア・ベイセストと酷似した存在となってしまっていた。

「……だから、重なったと仰っていたのですね。ツェレア・ベイセストと……。その方とは、会えなかったのですか」

魔族とは、言ってしまえば無念を抱いた人間《あのひと》の末路である。つまり、魔族となった彼女と再会はしていないのかと、部下の彼女は問うていた。

しかし、魔王はその質問に対して首を振る。

悲しそうに、左右にかぶりを振っていた。

「会えていない。そもそも、会える筈がない……何せ、彼女は満足そうに逝ったからな」

「満、足……ですか？」

「死に目には会えたのだ。もう、何もかも手遅れでしかなかったがな」

「それ、は」

「ツェレア・ベイセストは運がいい人間だ……こうして復讐を果たせるのだから」

その言い方だと、まるで貴方の婚約者だった彼女は成せなかったようではありませんか。

そう思ったからか、魔族の女性は悲しげに眉根を寄せた。

「誰も彼もが、力を持っているわけではない。ツェレア・ベイセストのようにああして逞《たくま》しく生きられる人間など極少数だ。彼女は偶々それに当てはまらなかった。ただ、それだけの事よ」

「……それでは、その方は」

「国中を探し回った俺は、とある人間に強引に彼女の居場所を吐かせた。そして国を飛び出し、俺が彼女を見つけた時、既に彼女の命は消えかけであった」

それは当然の事だった。

外には魔物が跋扈《ばっこ》している。だからこそ、〝聖騎士〟が率先して前線に立ち、守っているのだ。

非力であった筈の彼女が生きていただけでも、間違いなく幸運であり、奇跡であった。

「死に掛けの彼女が教えてくれたさ。俺が嵌められていた事を。そして、死んだと伝えられていた俺の仇討ちをしようとしてくれていた事……」


――生きてて……くれた。それだけで私は……。


彼が見つけた時、既に彼女は満身創痍《まんしんそうい》。

もういつ死んでしまってもおかしくなかっただろうに、必死に、必死に、言葉を紡いでくれた。

涙を流しながら謝り続けたその姿を、彼はきっと何があっても忘れる事はないだろう。

――嗚呼、あぁ、こんな私を……赦してくれるんだ……。


死に逝く者へ彼が出来る事。

それは、赦す事だった。元より、責めてすらいなかった。彼女は何も、悪くないのだから。

「ずっと、ずっと彼女は、自分のせいで俺が謀《はかりごと》に巻き込まれてしまったと、己を責めていた。だから俺は、お前は悪くないと、言い続けた」

だから、なのか。

彼女は、

――――やっぱ、り、＊＊＊＊は優しいなぁ……。


それだけを言い遺《のこ》して、満足そうに逝った。

「俺が人を恨む理由はそれよ。誰一人として彼女を助けてくれなかった事に、何より恨みを抱いた」

事の原因である王太子は元より、誰も助けてくれなかったという事実に、腹を立てた。

「それと、人を斬る事が辛そうだとお前は言っていたな。斬り殺す行為は確かに辛い。だがな、俺は決して、斬れない者ではない」

彼は、人を斬る事に対し抵抗を抱いている。なれど、それは決して〝聖騎士〟だったからではない。そもそも彼は、民草よりも、愛した人間が住まう場所を守る為に剣を振るっていた者だ。

「俺が辛いのは、彼女が遺してくれた言葉から目を背ける事になってしまうからだ」


――……決して、恨まないで……他の人を、決して恨まないであげて。


保身に走り、彼女を助けもしなかった民草までは恨まないでくれと。

この先、復讐に身を堕とすであろう彼の将来を思っての言葉。当事者である彼女自身が一番分かっていたのだろう。

その願いへの裏切りが、今回の件にも当てはまってしまっただけ。

「全員が全員、悪でない事は、頭では分かっている。きっと、ツェレア・ベイセストだって分かっている。誰もが己を見捨てたわけではないのだと。助けようにも手を差し伸べられなかった人間もいるのだと、あの少女も知っている筈だ」

それでも、割り切れる筈はなかった。

「けれど、それに構っていては決意が鈍る。どんな事情があれ、容認した時点で誰もが同罪だ。刃を向けて然るべき相手へと変貌する」

だから俺は斬り殺したのだと言葉を吐き捨てる。

曲がりなりにも魔族の王。

お前が思うような綺麗な者ではないと、魔王は歪んだ笑みを浮かべながら、何度目か分からない自嘲を人知れず漏らしていた。

16

魔王が王城近くで暴れまわっているのを、遠くに聞きながら。

西の丘の——霊園にて。

霊園と言うにはあまりにみすぼらしい墓標の丘。ベイセストの名が刻まれた墓前に花を供えながら、私は立ち尽くしていた。

涙が溢れると思っていた。

でも、存外何も出てこなかった。

涙も、言葉も、何もかも。

無常の風が吹きすさぶ中、私はただただ墓標を見下ろしていた。

「久しぶり……だね」

言葉は当然、返ってこない。

返ってくる筈がない。やってくるのは無情なまでの寂寥感《せきりょうかん》だけ。もう彼女は何処にもいないのだという物寂しさが一層深く、心に刻み込まれるだけ。

「………」

びゅう、と音を立てて吹き込む風が髪を靡《なび》かせ、視界の端々に紛れ込む。

続く静寂。

その間がどうしようもなく気まずくて、私は強引に言葉を零す事にした。

「どうして、こうなったんだろうね」

〝どうして〟が指す事柄は、七年前からは考えられないほどに乖離《かいり》した今について。

黒ずんだ鮮紅色が滲み込んだ己の手、衣服、そして、一生縁の無いものであると信じて疑っていなかった剣の存在。今この瞬間だけ、ずしりとしたその重みがどこまでも煩わしく感じてしまう。

「私はただ、」

あの日常がひたすら続いてくれれば、それだけで良かったのに。

そんな言葉が口をついて出かかったけれど、今更泣こうが喚こうが何も変わらないと知っている

から、私は閉口する。そして、

「……ううん」

一度、二度、とかぶりを振った。

「えっと、ね」

目前の墓に、何を報告すればいいのか。

……疑問に苛まれ、内心狼狽《ろうばい》を抑えきれずにいた。そんな中で、私は、

「私、さ……剣を振るうようになったんだ。この七年で、剣を振るうようになったんだ」

あえて、その話題を選んだ。

何より、私がこうして凶刃を振るい続ける理由を、どうしてもここで話しておかなければいけないと思ったから。

「今更自分を正当化するつもりはないよ。私だってこうして、剣や魔法を用いて何人も殺してる。だから私も悪。ちゃんとその自覚はしてる」

頑迷《がんめい》に己が正しいのだと喚くつもりはない。

その上で、私にとってこの道はきっと間違っていない。だから後悔もする筈がない。後ろ指を指されようとも、この道から外れる事はない。

……けれど、きっとこの選択は、人としては間違っているのだろう。

「それでも私は、自分を守りたかった。だから、こうして清算してる。全ての清算を、してる」
私に剣を教えてくれた者――魔王はよく口にしていた。人は誰しも、何かを「守る」という意志を持って剣を振るっているのだと。

……俺達はな、きっと守りたいんだろうよ……自分を、な。


名誉か、誇りか、自尊心か、他者か、国か、己か。

「守る」対象は人それぞれ。けれど、間違いなく誰もが、何かを守りたいという意志を持っているからこそ、こうして剣を振るっているのだ。

だから、己が正しいと思い振り上げたならば、逡巡する事なく刃を振り下ろせ。

振りかざしたならば、何があろうと最後まで振り下ろせ。そうする事こそが間違いなく、一番後悔せずに済む方法だ。

いつだったか、私が言われた言葉。

魔王からの自責を含んだ助言は幾度となく、私の頭の中に去来していた。

「もう、すぐ……もうすぐなんだ」

逸《はや》る気持ちが言葉に現れる。

妹であるカレンを手にかけたであろう人物の目星は既についていた。アウグレーンが口にせずに庇うほどの相手など、限られている。故に、下手人の全てを嘲る歪んだ面貌が目に浮かび、怒りの感情が沸き立つ。

「あと少しで、何もかもが終わる。あと少しで、」

終わる事が、出来る。

悪夢に、幻覚に苛まれる日々も。疼《うず》く痛みも。

己を蝕《むしば》む悉《ことごと》くに終わりを告げる事が出来る。

この、壊れた世界に別れを――――。

「私の七年が、報《むく》われる」

何度も何度も、懐古の記憶が私自身の心を容赦なく切り裂いてくる。

「こんな不条理な世界が、あってたまるか。あって、なるもんか……仮にもし、こんな世界が正しいのなら、私が粉々に壊し尽くしてやる」

そんな想いから始まった、復讐劇。

大切だった人の前で、私は涙のごとく誓いをこぼす。

「だから、……誓いを、此処に」

返事が返ってこない事など百も承知。

それでも、聞いて欲しかった。

此処で、告げたかった。

「この身はどこまでも、何もかもを斬り裂く独善の刃」

「守る」ものは己の心だけ。

私には他にもう、何一つとして残っていない。

「故に、」

慮るものなど今更、何もなかった。

空虚なまでに、空っぽだ。

だから一片の容赦なく、斬り捨てよう。斬り壊そう。

暗澹《あんたん》と蠢《うごめ》く空を仰ぎ、私は醜悪に嗤《わら》う。

その笑みは、きっと「泣き笑う」という言葉がどうしようもなく当てはまっていた事だろう。

私の口角は、ずっと痙攣《けいれん》を起こしていた。

「たった一つ残された私の道である、復讐の為に」

生きる理由は、もうこれしかなかった。

荒んだ己の心を救う手立ては、これしか残されていなかった。この道に殉《じゅん》じる事こそが、私にとっての救いであったから。そして何よりの、手向《たむ》けになるだろうから。

「何もかもを斬り殺《壊》す刃であり続けよう」

不条理に塗れた世界にて、不幸に喘ぎ、苦しみ続けた己《私》は墓標の前で誓いをこぼす。

きっと、彼女はそんな事は求めていない。それを心の何処かで理解しながらも。

「終わりを迎える、その瞬間まで」

＊＊＊＊＊

――やっぱり、似てるわ……ほんっと、私みたい。

己のたどった道をなぞるように歩み進める、痛ましい少女の姿を目にした女神ラナーは。

同情の念を隠そうともせず、悲痛に表情を歪めていた。

やはりツェレア・ベイセストと己は同類だ。

……悪い意味で、同類だ、と目を伏せる。

これは、親近感が湧くどころの話ではなく、正しく己自身のようだと哀れんだ。

死者に誓いをこぼし、退路を断つ。

そして誰かを想い、誰かを想い、心を軋ませる。慟哭《どうこく》に宿る感情は、憎しみと、悲しみと――深い、寂寥《せきりょう》。

それはどこまでも濃く。

それはどこまでも深く。

ラナーもかつて同じ痛みを抱えていた。

そしてツェレア・ベイセストには、もうひとつの痛苦が押し寄せていた。

それは剣と血がもたらす、青白の――――地獄。

＊＊＊＊＊

「は、は、ははっ。あ、はは……」

強大な魔法を使う令嬢は、笑う。

ラナーと魔王。そして当人たるツェレア・ベイセストだけが知る、彼女のチカラの秘密。

全身を震えさせながら、彼女は精一杯の虚勢を張らんと喉を震わせる。

「そ、ろ、そろ来ると、思ってた」

捩《ねじ》れ狂う身体の痛みに、嗤《わら》った。

ツェレア・ベイセストは強者だ。

最早、彼女に勝てる者なぞ、世界広しと言えど片手で事足りるほどだろう。

王国が誇る騎士団長。

天才と謳《うた》われた剣士。

それらを当然のように斬り捨てられるほどに、彼女の力量は圧倒的だ。今の彼女を真正面から止められる者は、魔王とラナー。恐らくこの両者に限られる。

元々の素質も関係していた事だろう。

だが……たかが七年でここまでの強靭さを得られる筈がないのだ。何の代償もなく、ここに至れる筈がないのだ。

不意に刃音が漏れる。

ギシリ、ギチリと、独特の金属音が彼女の身体の中で重なり合った。その身は刃だ。ツェレア・ベイセストの身体は、比喩無しに何もかもを斬り裂く刃で、あった。

……己すらも斬り裂く刃なのだ。

それが代償。

己の身体に〝蒼き剣群《剣》〟を内包するというのが、力の代償。

「は、はは、ははは……」

嗤《わら》う理由はただ一つ。

それは、彼女自身が全身を襲う痛みを既に受け入れてしまっているから。これがあるから、私は

私でいられるのだと自覚してしまっているが為に、彼女は笑い続けられてしまう。

＊＊＊＊＊

ギシリ、ギチリ、ギシ、リ。

無数の刃が、擦れ合う。

身体の中で蠢《うごめ》く〝蒼き剣群《エ・スパーダ》〟はぎしぎしと肉を裂き、私の身体を貫き始めていた。

「痛い、よ……」

剣を内包した身体は、どこまでも強靭《きょうじん》で。

内側で蠢く〝蒼き剣群《エ・スパーダ》〟によって生まれた傷のみ、痛みだけを残して即座に塞がっていく。それが〝蒼き剣群《エ・スパーダ》〟を扱う罪なのかもしれないと、ラナーはいつだったか口にした事があった。

「痛、い……でも、これがあるから。これが、一番、」

この世界が夢ではないのだと、何よりも私に実感させてくれる。何度でも、際限なく私の心を斬り裂く刃になってくれる。

――――私は、全てを斬り壊したかった。

だから、この〝蒼き剣群《刃》〟は私には必要不可欠だ。この刃こそが、私そのものだ。

……たとえ己が身であろうと、容赦なく全てを斬り壊す。それが私の唯一の願いであるのだから。

その想いが、何よりもこのツェレア・ベイセストを掻き立て、奮い立たせる。

どこまでも馬鹿で、阿呆で、救いようがなくて。

心の何処かでそれを分かっていた筈なのに、……私はこの道しか選べなかった。否、選ばなければ、心は間違いなく修復不可能なまでに壊れてしまっていた事だろう。

「……さ。これで〝蒼き剣群《エ・スパーダ》〟を使うのも、最後」

身体の中で蠢く〝蒼き剣群《エ・スパーダ》〟が身体を斬り裂き、外気に触れると共に剣は霧散。

そして開いた傷が閉じきり、また、〝蒼き剣群《エ・スパーダ》〟が身を斬り裂く。その、繰り返し。何度も、何度も、繰り返される。私はそれを受け入れ、瞑目《めいもく》した。

「あいつらに、地獄を見せる……それで、漸く終われる」

穴だらけの身体のまま。

「漸く、終われるんだ」

私は神経が引き千切られる痛みに顔を僅かに歪めながら、花で飾られた墓標に背を向ける。

「……また、来るよ」

17

「悪《わり》ぃが、――こっから先へは行かせられねぇ」

王都の付近。

国境を接する他国に向かう最短ルートとして知られる、獣道より若干開けた木々が生い茂る場所にて、その男は佇《たたず》んでいた。

その黒の暴虐の化身は、こきこきと首を鳴らしながら、目を細めて眼前の者達へそう告げる。

気怠《けだる》そうな彼からは緊張感は微塵《みじん》も感じられず、されど猛禽類《もうきんるい》を想起させる鋭い眼光は、見る者全ての身を竦ませた。

「うちの王様たっての頼みなんだ。オレァ、わけあってそっちの王サマを殺しはしねぇが、通しもしねぇ」

「ど、うして、此処に魔将軍……が」

魔将軍。

それは以前、勇者が討伐したゴルドという魔族と、同じ地位を手にした強い魔族の称号。

数にして五人いるのだが、いずれも世界に武名が轟くほどの強者ばかり。そして、魔族というだけあって、どこまでも非情な者が多い。

実際、今魔将軍と呼ばれた痩躯《そうく》の男の瞳には何も浮かんでいない。アイスブルーの瞳には、感情が何も、浮かんでいないのだ……故に、誰もが彼に対して恐怖を少なからず抱いてしまっていた。

あれほどまでに酷薄な瞳を生物が向けられるものなのか、と。

「〝どうして〟の答えは勝手にてめぇらで判断しろ。オレァ、此処の門番。その事実さえありゃ、十分だろうが」

魔王より仰せつかった「王」を外へ逃がすなというオーダーに従う魔将軍――ヨシュアは、おめおめと城から逃げ出し、此処へやって来た哀れな王とその配下に向けて言い放つ。

「それでも此処を通りたいってんなら」

擦れる金属音が響く。

それが、言葉の続きを示していた。

「倒せと、言う事か」

「そういうこった」

螺旋《らせん》の剣を手にしたヨシュアは、哂《わら》う。

言うのは簡単だが、お前らには天地がひっくり返ろうが不可能だ。

そう言わんばかりに、嘲り嗤《わら》う。

「……陛下」

ヨシュアと受け答えをした騎士は、厳かに告げる。

「ご命令を」

そして、己が王に判断を委ねた。

「あの魔族は、間違いなく我々の手に余る事でしょう。この場にいる全員で戦っても、良くて相討ちが精々」

後ろからは魔王が迫ってきているかもしれない。

ならば、此処で時間をかけずに、他の突破口を探した方が間違いなく逃げ果《おお》せる可能性は広がる。

「ですが逃げるにせよ……あの魔族が我々を逃してくれるとは到底思えません」

「……ならばお主は我にどうしろと」

「一言、私に命令してくだされば良いのです。此処で、あの魔族を食い止めろ、と」

王家直属親衛隊隊長――ロヴァルト。

間違いなく、今、ツェレア・ベイセストと敵対する王家側に身を置く人間の中で、最強と言える人物。

そんな彼が、そう王へ進言した。

「……分かった。お主は此処で、あの魔族めを食い止めよ」

「はっ。ご命令、承りました」

迫る魔王に脅威《臆》していたからか。

王の決断は存外早いものであった。

「……あの方角は、ベイセストか」

ヨシュアは、供回りを連れ、ロヴァルトだけを残してその場を忙しく後にする王達の姿を眺めながら、面白可笑しそうに言う。

彼自身、この国――ドラグナードの地理に詳しいわけではない。が、唯一頭に入っている場所があった。

それが、ベイセスト家。

「……何が可笑しい」

「ハッ、何が可笑しい？　全てに決まってんだろうが。どうしてこの状況下でベイセストに向かうのか、わけ分からねぇ。あの王サマは自殺願望でもあんのか？」

「…………」

ロヴァルトはぎろりと、睥睨《へいげい》。

そこには常人ならば失神してしまうほどの強大な殺気が込められていた。そして、先程のヨシュアの発言に対しての疑問すらもそこに含まれていた。

しかし、ヨシュアは微動だにしない。規格外の殺意の波動だろうが、一笑《いっしょう》に付す。

「全ての事の元凶はツェレア・ベイセスト。その考え自体は間違っちゃいねえ。だからあいつが立ち寄りそうな場所に兵を向けた。それも間違ってねえ。王サマとしちゃあ、とっくに捕まってる筈のあの餓鬼《あのがき》の命で以て、うちの王様と交渉してぇってところか？」

ヨシュアは全てを知っている。

ツェレア・ベイセストが、魔王が起こした争乱をこれ幸いとして実家に戻った事。

そしてそこで待ち伏せていた騎士達と交戦した事。

「だが、勘違いしてねえか？　あいつ、強《つえ》えぞ？」

「強、い、だと……？」

「応《おう》。うちの魔王様が手を貸してるのは事実。だがな？　てめえらが差し向けた騎士共を殺し回ってたのはあいつ自身」

「な、に？」

「つまりだ。数百もの騎士をあいつは単身で殺している。誰の手も借りず、己が手にする力のみで」

その場に降りる静寂。

程なくしてごくり、と唾を嚥下《えんか》する音が聞こえた。

「……それは、あり得ない」

「応よ。その通りだ。普通ならば、あり得ん。だがな、あいつは普通じゃねぇんだ。あの餓鬼は、普通じゃねぇんだよ」

まるで時間を稼ぐように、ゆったりとした口調で話し続けるヨシュアであったが、焦燥感に駆られていたロヴァルトはその意図に気付けない。

「てめえは、知っているか。〝契約魔法〞ってもんを。まぁ、もう数百年も前に廃《すた》れた魔法の形態なんだがな」

「……」

返答はない。

その沈黙を、分からないのだろうと受け取り、ヨシュアは話を続ける。

「〝契約魔法〞ってのは一種の等価交換だ。力を得る代わりに、代価を払う。魔法を行使するたびに代価を払わなきゃいけねえ、使い勝手の悪い魔法の事だ」

その代わり、得る力は強大。

代価を払うだけの強靭な精神力こそ求められたものの、それだけの価値は確かにあったのだ。数百年前に〝契約魔法〞が主流であった当時を知るヨシュアは、口角を不気味に吊り上げた。

「それ、を、ツェレア・ベイセストが使っていると？」

その問いに対し、ヨシュアは喜悦に塗れた相貌で一度、笑んでみせる。

「〝契約魔法〟のお陰で、昔の人間の英雄譚なんぞはどれもこれもド派手でなァ。今の人間は作り話だと信じて疑ってねえが、あれは紛れもなく事実だ」

「……何が言いたい」

「力量の差があまりにでけぇんで、話ついでにハンデもくれてやろうと思ってな」

「貴、様ッ……‼」

「てめえは古代ガルダンタの歴史を知ってるか」

激昂《げきこう》するロヴァルトをよそに、淡々と話は進む。

「裏切られた炎の王太子の、歴史をよ。怒るあまり、最期は己の炎に焼かれて死んだ哀れな王子の歴史を」

くはは、とヨシュアが笑う。

感情のこもらない瞳で、不気味に笑う。

「魔王様も、ゴルドも、あのクソ餓鬼も」

己の王を想う。

勇者に殺されてしまった同胞《はらから》を想う。

復讐を遂げようとする少女を想う。

「好き勝手に暴れやがって。オレも交ぜろってんだ」

瞬間。

不意に、空気が陽炎《かげろう》のように揺らいだ。

「オレァ、そいつと全く同じ魔法を使い、同じ戦い方をする。もし知ってんなら、必死に頭ん中の記憶を掘り返しとけよ」

びゅう、と吹き荒んだ風には、人肌ほどの熱量がこもっていた。

燃えていく。

灼《や》けるような熱さが、ヨシュアの身体から放たれる。そして、

「オレァ、ヨシュア。魔将軍のヨシュアだ。久々に気骨《きこつ》ある奴でちっと気が昂《たか》ぶっちまってよ」

かつて炎の王太子と呼ばれていた頃の姿と、今現在の姿が重なり合う。

ゴォウッ、と燃え盛る炎が、彼の身体を包み込んだ。

「ちょいとオレの相手、してくれよ」

あたりに噴き出す炎は、天井知らずに高くなっていく。

焔《ほのお》が、大地に走る。灼熱の世界が、ヨシュアを中心として生まれ出る。

「一人、また一人とてめえらの仲間はオレらに足止めを喰らい、いなくなっていく。そして出来上がる骸。信ずる者なぞもう何処にもいねえ。ただ、孤独に、孤独を味わい尽くす。んで、死ぬんだ。

どこまでも、凄惨に」

それが、ツェレア・ベイセストが描いたシナリオ。

「それが、てめえらの王の末路だ。嫌ならオレを倒して戻ってやれよ。なァ？　ええ？　ク、はっ、クハハっ、ふはははははははッ‼」

「き、さまああああああああァァアッ‼」

次の瞬間。

目にも留まらぬ速さでロヴァルトがヨシュアへ肉薄する。しかし、散ったのは鮮血でなく、剣と剣が咲かせる火花。

そしてヨシュアを中心として噴き上がる炎は、接近していたロヴァルトの肌を容赦なく焼き焦がす。

やって来る灼熱の痛みに、彼の表情は苦悶に歪んだ。

「クソにはお似合いの末路じゃねえか‼　それともてめえには優しい王だったたってか⁉　ならてめえが守ってやれよ‼　てめえにとって優しい王とやらをてめえの力で、よォ⁉」

響き渡る金属音。

再び飛び散る火花。

「く、はッ、くはは！　ふはははははははっ‼」

哄笑と、剣撃の刃音は絶えず轟いていた。

18

魔族による王都の包囲。

それが成される数時間前。魔将軍を筆頭に、魔族と呼ばれる者達は、ツェレア・ベイセストに手を貸すか否かについて。各々が自分自身の思いの丈を語っていた。

彼らの主である魔王の命令に従い協力に応じるのか。人間ごときにどうしてと言って拒絶をするのか。その可否を。

強者過ぎた故に、殺された者。

強者にならざるを得なかった者。

強者として生まれてしまったが為に、生を壊された者。

魔族と呼ばれる者達は、そんな過去を抱える者ばかりだ。否、濃く、深い怨念を抱いていた彼らだからこそ、こうして魔族となって生まれ変わったのかもしれない。

故に、己らの同類に対しては懐が深かった。どこまでも彼らは哀れみ、許してくれる。何故ならば、その不条理を一度身を以て味わっているから。彼らは全員が例外なくその地獄を目の当たりにしていたから。

地獄を、見た。

紅蓮《ぐれん》の地獄を。

忘れようにも忘れられない凄惨な光景を、彼らは誰もが経験していた。

ふとした時に、呻き声が聞こえる。

どこまでも辛そうで、辛そうで。

だから手を伸ばそうとするのに、その声には届いてくれなくて。頭の中で際限なく木霊《こだま》するだけ。

呻き声が聞こえる。

忘れるなと己に言い聞かせるように何度も、何度も。

呻き声が聞こえる。

……我に、返る。

その声が幻聴だったのだと何度目か分からない理解をして、そして己が人ではない何かになってしまっているのだと自覚をして……寂寞《せきばく》に目を伏せる。

彼らの日々はその繰り返しだ。

『俺は、ツエレア・ベイセスト《あの少女》に手を貸そう』

魔将軍の一柱は、そう宣言した。

不運な少女に対し、彼は迷いなく手を差し伸べる。

『馬鹿で、哀れで、不運な子』

まるで己のようだと、自嘲気味に嗤《わら》う女性もまた魔将軍の一人であった。

『……でも、だからこそ、あたし達が救ってあげるしかないじゃない……この世界に、救いなんてものはないのだから。それを、あたし達が誰よりも知って、分かってる。理解を、しているから』

彼女も同様に、是認する。

ツェレア・ベイセストの復讐に手を貸す、と。

『本当は、止めるべきなのでしょう』

魔術師風の男が悲しげに苦笑する。

復讐に身を捧げたところで、得るものなぞ何も無い。酷く愚かで、哀れで、滑稽《こっけい》だと彼は胸中で本音をこぼす。

『ですが、その復讐《想い》だけが彼女の心の拠り所……その事実を、僕らだけは理解出来てしまう』

理解してしまった時点で、己にその復讐《想い》を否定する権利がある筈がないのだと、受け入れる。

『……復讐《これ》が彼女にとっての救いとなり得るのであれば、僕も手を貸しましょう』

生前、聖人と呼ばれていた男も己の慈愛《じあい》をあらわにしながらも、彼女の行動を肯《がえ》んずる。

それが、彼なりの救いであったから。

だから。

『肯定しましょう。どこまでも』

だから。だから。

『その覚悟に、何一つ瑕疵《かし》はないと。僕らがどこまでも肯定致しましょう。貴女には、それを成すだけの権利がある』

だから。だから。だから。

『間違っても人間の王族は神ではない。何故ならば、彼らに僕らの刃は確かに届くから。だから、貴女はその想い《刃》を振るえばいい』

だか、ら――。

『――貴女の想いは、何一つとして間違っていないのです』

かつての聖人は、この場にはいないツェレア・ベイセスト《復讐者》の心の慟哭《どうこく》をどこまでも肯定した。

彼女が、救われますように、と。

＊＊＊＊＊

「……これは、一体どうなっておる」

ポッリと。今や見る影もないほどに破壊し尽くされたベイセスト家――その残骸を前に彼は呟いた。

「どうなっておるのだこれはッ！！！」

そして今度は激烈に。

慟哭《どうこく》のような悲鳴が、男――ドラグナード王国の王の口から漏れ出ていた。

声を荒らげる理由はただ一つ。

この現実離れをした光景を否定したかったから。

これは現実でないのだと、せめて己だけでも信じたかったから。

「何と言う事はない――鏖殺《みなごろし》。ただそれだけではないか」

もう一人の男――魔王の口から答えがもたらされる。

「別に逃げても構わん。それだけお前の地獄が長引くばかりだがな」

足音が王に近づく。

鼓膜にこびりついた独特の足音が、王の耳朶《じだ》を打つ。

特別大きな音でもないのに、砂を擦る足音は鮮明だった。

決してすぐ側まで迫っているわけではない。

なのに、真後ろにいるかのような感覚に王は苛《さいな》まれていた。

度重なって立ち塞がってきた、魔族の影。幾度も、幾度も、幾度も。

既にドラグナード王の精神は限界に到達していた。

「……何故、お主はあやつに手を貸している」

「俺が俺であるからよ。俺が魔王故に手を貸しているのだ」

王はギリッと下唇を噛みしめ、忌々しげに顔を歪める。

その反応に対し、魔王は物分かりの悪いやつだと胸中で嘲り、失意の感情を向けた。

「魔王とは〝悪〟の象徴。〝暴虐の化身〟。今の人間は口々にかく語る。魔王とは、ろくでもない存在であると」

大仰に手を広げ、役者めいた素振りを魔王が見せる。

「ああ、そうだとも。魔王《俺》という存在は、そんなろくでなしだ。紛れもなく、一片の間違いすらなく、俺は〝復讐《悪》〟の象徴であると‼　故に！　もう一度だけ言おうか……だからこそ俺は、手を貸しているのだと」

そう口にし、魔王は腰に手を伸ばす。

そして、

「受け取れ」

下げていた一振りの無骨な剣を、ドラグナード王へと放り投げた。

「曲がりなりにも王家の男だ。剣の心得《こころえ》くらいはあるだろう？　この俺と、剣で戯《たわむ》れる気は無いか？　なあ、人の王よ……もっとも、お前に選択肢は用意されていないがな」

ギシリと何かが軋む。

それは、歯車だった。

計画に異物が交ざり込み、噛み合っていた筈の歯車が軋む。

「本来であれば、お前の子供も、お前自身も。全てツェレア・ベイセストの手に委ねようと考えていた。それ故会話をする気など微塵もなかったのだが……気が変わった」

魔王から怒気《どき》が沸き立つ。

視覚化されるほどの濃密な殺意が、周囲に立ちこめる。

「……なぁ、お前の瞳に、この世界はどう映る？　この国は、何であった？」

仄暗《ほのぐら》い瞳で魔王は王を射抜く。

王太子とは別々に逃げ出し、最早供回りも全て死んでいる。逼迫《ひっぱく》した状況にしか見えないドラグナード王へ向けて、魔王は何を思ってかそう問うた。

「……俺には、どうやっても嘆きの声すら満足に届かない地獄にしか見えん」

荒れ狂う悪意の中。

必死になって命を懸けようとも、その努力すらも嘲笑われる世界。そんな、地獄であると魔王は言う。

そして、
ドラグナード王のせせら笑う声が響いた。

「玩具《おもちゃ》だ」

それは、全てを嘲弄する言葉。

彼は魔王の出した答えを阿呆らしいと一蹴する。

「誰も彼もが我に跪《ひざまず》く。誰も彼もが我に逆らわぬ。誰も彼もが我を敬《うやま》い、口々に称える。そんな世界を他になんと言い表せと？」

言葉が続く。

「人を殺す事ですらも我の一言よ。誰もが逆らわぬ。誰もが逆らえぬ」

まくし立てられるその言葉に対し、魔王は無言で聞き入っていた。不気味なまでに、無言で。

「愉悦に興《きょう》じるも、我の自由。王族とは、そういう者なのだ」

直前までの危機を忘れたかのように、調子付いた王は声を上げる。

「分かるか？　魔王よ。お主のその行為がどれだけ不遜《ふそん》であるかを」

「不遜……不遜、か。全く、異な事をほざく」

冷笑する魔王は、ドラグナード王と視線すら合わす事なく空を仰いだ。

「不遜とは、何らかの対象があってこその不遜だろう……生憎だが、俺は何も崇《あが》めていない。神だろうと、女神だろうと、一国の王だろうと。俺にとっては塵芥《ちりあくた》よ。路傍の石と変わらん」

たとえ、頭上の彼方《かなた》に如何に尊い天国《場所》とやらが広がっていようとも。神が実在していようとも。

「そんな俺が何故、不遜と言われなければならん？　実に馬鹿馬鹿しい妄言《もうげん》とは思わないか？」

だからと言って魔王自身、己が神であると言うつもりは毛頭なかった。

「何かを称えようが、崇めようが、縋《すが》ろうが、結局最後に頼れるのは己自身だけよ。なのに何故、敬わなければならん？　崇めなければならん？　俺から言わせれば……お前こそが不遜の塊に見えて仕方ないがな」

目に見えて王の顔が歪んだ。

「誰も逆らわず、誰も逆らおうとせず。嗚呼、それはさぞかしお前に都合が良かった事だろう。胸《むな》糞《くそ》悪い話であるが、困った事にそれが許容される人間は確かに存在している……だがそれは、お前の中のちっぽけな世界でのみの話だがな」

だが。

「少なくとも、俺は許さんよ。お前のような存在を、俺は看過出来ん。故に俺は、俺のやり方でお前を否定させて貰おうか」

その怒りに呼応するかのように、刃音が鳴る。

まるで初めからそこにあったかのように、何も無い大気より出でた黒塗りの剣が、魔王の手に収まる。

「剣を執るくらいの時間は待つが？」

己が投げ渡し、地面に転がった剣を見やりながら魔王が言う。けれど、王がそれを手に取る気配は見受けられなかった。

「……まあ、いらんよな。許せ。ただの皮肉だ」

そう、これは剣士たり得ない王に対する嫌味だ。

故に、見下すように嘲笑う。

そしてその様子が、王の神経を逆撫でしていた。

「そのようなものを持ち歩く人間を、俺は剣士と呼ぶつもりはない。誰のものかは知らんが、随分と気色の悪いものを持ち歩く……」

そう言って、魔王が空いていた方の手の人差し指で指した先。

王の懐から、ドクン、と何かが脈動する音が聞こえてくる。

「そういえば、一向に勇者の姿が見当たらんがはてさて、どこへ行ったのやら」

ドクン。――ドクン。

まるで心の臓のように、一定間隔で脈動する何か。

「丁度……、そこにらしきものがあるように見えるが、俺の見間違いか？　なあ、人の王」

魔王《彼》は笑う。

魔王《彼》だからこそ、嗤《わら》えた。

「数は偶然なのかふたつ。俺も長く生きている故、ろくでもない魔法に覚えはあるが……それは俺の知る中でもとびきり最悪だ」

「……誰も彼も役に立たんのが悪いのだ。我を守り切れぬ弱き臣下が悪いのだ……保険であったが、準備しておいて良かったと言うものよ」

「聞こえのいい言葉を並べるのが好きなのだな、お前は。その実は、俺がこうして王都へ攻め込んできた腹いせに、以前俺を仕留められなかった勇者共を始末した。というのが正しいだろうに」

睥睨《へいげい》しながら王が懐から取り出したのは、ドクンと脈動を続ける拳大《こぶしだい》の何か。

血管のようなものが端々に浮かび上がるソレはまるで――心臓のようで。

「勇者の心臓を抉《えぐ》り出し、触媒《しょくばい》に、か……全く、お前はどこまでも俺を苛立たせるな」

「こやつらはお主の強さを知ったが故に、震えてばかりの臆病者に成り下がりよった。護衛にすらならん者達を、我が有用的に扱って何が悪いと言うのだ？」

悪びれる様子もなく、それどころか何一つ間違っていないと信じて疑わないその思考回路は、魔王から見て間違いなく壊れきっている。

修復の余地なく、歪みきっている。

こういった人間がいたからこそ、彼は復讐に身を堕とさなければならなかった。彼だけではない。魔族《仲間》である者達も、このような人間がいたから……悲劇が生まれてしまった。

故に——手が震え、心は奮う。

己の剣は眼前にいる王のような者を斬り殺す為に磨き上げたものであると、彼自身が誰よりも自覚していたから。だから。

「そうか」

感情が抜け落ちた声で、魔王は短く返事をする。

そうだ。一片の余地なく、コイツは殺そう。

そう、心に決め、大地を強く踏みしめたところで、……魔王は目を奪われてしまった。

あまりに愉快な光景に、思わず王から視線を外してしまった。

魔王の視界の隅に割り込み、そして目を奪ったその光景は。

——無数に浮かぶ〝蒼き剣群《エ・スパーダ》〟と、天に座すひときわ巨大で荘厳《そうごん》な劔《つるぎ》。あの巨大な劔《つるぎ》を女神はなんと言っていたか。

……嗚呼、そうだ。あれは確か——〝スピーアの劔《つるぎ》〟、だったか。

「どうやら、向こうも始まったらしい」

〝蒼き剣群《エ・スパーダ》〟の数が普段よりずっと多い。それどころか、〝スピーアの劔《つるぎ》〟まで使用している。今、ツェレア・ベイセストと対峙している人間は王太子とみて間違いないだろう。

魔王は一息ついてから、

「さぁ、始めようか。此処から先は、何がどうあれ勝った者が肯定される世界――剣撃の坩堝《るつぼ》よ」

剣先を突きつけ、狙いを定める。

『間違いながら……、傷付きながら。人という生き物はそうやって生きています。それは醜く哀れで、あまりに愚かしい』

それはかつて聖職者だった魔将軍の言葉。

吹く風と共に、それが頭に流れ込む。

『なれど、完璧でないから人間なのです。だからこそ、人間なのです』

故に。

『傷つき合った果てに、誰かが歩み寄り。誰かが誰かに手を差し伸べる。そんな行為が生まれる……それを知る僕らが、絶望と戦う者を見過ごすわけにはいかない。救わなければ、ならないのでしょう……魔王様《貴方》のように』

必死にもがいて、あがいて、手を伸ばして。

そうして、懸命に不条理に立ち向かおうとする。そんな者に、彼らは手を差し伸べる。

かつて彼らがその立場に立っていたからこそ。

だから今度は救う側に。

「俺を否定したくば、勝ってみせよ」

何度目か分からない言葉を言い放つ。

力で他者を否定した果てに待ち受けているものは、巡り巡って力で否定される事であるのだと歴史が証明している。

それは王位の簒奪《さんだつ》等であり……ひとつの因果。

魔王はそれを分かった上で、剣を振るう。

いつの日か、己自身が力で否定されるであろう事も。死を振りまき続けた事への報いがやって来る事も。

それでも、彼は勝った者が正しいと口にし続けるのだ。

「お前が何らかの方法で俺の首を刎ねさえすれば、お前中心の、お前にとって都合の良い世界が帰ってくる」

ただ、それだけの話。

けれど、おめおめとそれを許す魔王ではなかった。

「懺悔《ざんげ》の時間と、いこうか」

目の前の王は、自分の罪を何一つ分かっちゃいない。

己が良き治世を敷いていれば、少なくとも、一人の少女は心を壊す事はなかったというのに。

「罪咎《つみとが》を背負うもの同士、仲良くやろう」

魔王は嗤《わら》う。

剣を振るう事しか出来ない浅ましい己を、どこまでも嗤《わら》う。

「もっとも、」

そして、魔王が手にしていた剣を一瞬で振り上げたと同時、何かが走り抜けた。次いで、音が聞こえる。

地面に何かが落下する、重量感のある音。

「これは、一方的な〝処刑〟だがな」

それを耳にした王は、己の左腕を見やる。

どこか違和感があった左腕は、真っ赤な断面を覗かせていて。程なくして、勢い良く鮮血が噴き上がった。

「ぁ、がッ、ぐ、ぎッ」

痛みに顔を歪め、手にしていた脈動する心臓をふたつ、地面に落下させる。

そしてそれは着地するや否や、どろりと形を崩し、代わりにある姿を形成し始める。

あえて言葉で表現するならば、それは人であった。

ドッペルゲンガーとでも言うべきか。

少年と少女の人形が出来上がる。

「覚悟はいいか。人の王」

今日こそが、お前への報いなのだと。

嘲った魔王の言葉は、強く踏みしめられた足音により、人知れずかき消えた。

19

足音が鳴る。

……私は、足音を殊更大きく立てた。

己の身体は密集する刃。

ギシギシと擦れる音は、私の頭の中でのみ木霊する。

早く斬らせろ。そう急き立てる刃を宥《なだ》めながら私は、その場に立つ。

王都の包囲を行ってくれていた魔王があえて魔族を配置させず、そこに獲物が逃げ込むようにと意図的に穴を開けてくれていた、魔の森の入り口に。

一秒でも早く斬って、斬って、……何もかも終わらせたかった筈なのに、どうしてか私はこうして時を待っていた。それが、どこまでも可笑しくて。何故か、哀しいなんて感情まで湧き上がってきて。

自分の事なのに、どうしてか判然としなかった。

「……ん」

そんな私は、少しだけ懐古していた。

私は、お世辞にも強い人間とは言えなかった。

心は年相応に弱っちくて、脆《もろ》くて、壊れかけで。

鋼には——程遠くて。

だから己に圧しかかった事実に、私は耐えきれなかった。

痛みは、辛くて。

孤独は、悲しくて。

別れは、もっと、悲しくて。

涙なんてものは、全く止まってくれやしない。

いつの日か終わりが来るのかな、なんて思った次の瞬間には、毎度現実に引き戻されて。

私を押し潰す現実に、心は歪んで軋んで、……気が付けば、壊れていた。

私を覆い続ける暗澹《あんたん》とした何か。

それを晴らしたいのならば、きっとこれを貫くしかないと理解して、私自身が渇望した。

「ガゼル・ドラグナード」

名を呼ぶ。

軋む刃の音を聞きながらも、待ち望んでいた人物の名を、声にする。

……そして、もう帰って来る筈のない七年前の光景が思い起こされ、途方もないほどの悲しさが私を支配した。

「待ってたよ。ずっと、この瞬間を」

最後に会ったのは、もう七年も前。

なのに私は一瞬で理解出来た。

この者が、ガゼル・ドラグナードであるのだと。そして気付いた時には名を呼んでいた。

「いっぱい話したい事があった。聞きたい事があった……答えて欲しい事は、沢山あった」

なのに。

「だけど……、いざこうして会ってみると、何もかもがどうでも良くなった。何もかもが、薄っぺらく感じてしまいそうでさ。不思議だよね本当に」

きっとその理由は、目の前のガゼルが終始私に向けてくる感情のせい。

「ねぇ、あのさあ」

周囲。

其処彼処《そこかしこ》から浮き上がり、視界を覆い尽くす〝蒼き剣群《エ・スパーダ》〟を見やりながら、

「やめようよ、それ。そんなに怯えられると、私が虚《むな》しくなるじゃん」

悲しみを込めて、私は言う。

私の生を壊した人間が、こんなにも矮小《わいしょう》だったなんて気付きたくもなかった。そんな失望をも込めた言葉だったけれど、彼が理解してくれる筈もなくて。

「ば、けものが……！」

「あっそ」

漸く口を開いたかと思えば、出てきたのはあまりに陳腐で、ありふれた罵倒。

彼の声は、震えていた。

きっとそれは、周囲に広がる光景故だ。

死屍累々。

歴戦の猛者《もさ》すらも身を竦ませるであろう酸鼻《さんび》な光景が広がっており、倒れ伏す兵士の身を貫く〝蒼き剣群《エ・スパーダ》〟が恐怖心を刺激したのだろう。

息を吐く。

私は、胸中に溜まっていた何かを吐き出さんと、長い溜息を吐いた。

「……結局、はりぼてでしかなかった、って？」

私の記憶の中に存在するガゼル・ドラグナードはもっと堂々としていて、傲慢で、ムカつくやつで、偉そうで、自己中心的で。

そんな人間だった筈なのに、私が必死に逃げようとする彼の前に立ち塞がり、供回りを数十と殺した途端にこうなってしまった。

「……ふざ、けるな」

震える声で必死に私を罵《ののし》りながら睥睨《へいげい》するだけの何かに、変わっていた。

私は掠れた声で叫ぶ。

「ふざけんな……ッ」

目を怒らせ、青筋を浮かばせながら手を振り上げる。同時、顕現するひときわ大きな青白の劒《つるぎ》。

私の心境に応じるかのように、それは天に座した。

ボロボロと何かが崩れていく。

「私が、どんな想いで……どんな気持ちで……ッ！！！」

最後は、言葉にならなかった。

馬鹿馬鹿しい現実が私の中に侵食して、染み込んできて、そして何かが致命的にボロボロと崩れ落ちていく。

嘲笑われたような気がした。

……私の人生を。

……私の七年を。

私という、存在全てを。

燃えるような怒気を立ち上らせながら、私は掲げた手を振り下ろし、対象へ〝蒼き剣群《エ・スパーダ》〟を殺到させようとして、

「……だ、れッ⁉」

けれど直前で違和感を覚えた私はその場を飛び退き、即座に後ろを振り返る。

普段であれば難なく対処出来ていたであろう奇襲。

しかし、ことこの瞬間に至ってはその反応はギリギリ。そのわけは、己自身が誰よりも理解している。

……頭に血が上り、周りが見えていなかったからだ、と。

「……お前、」

眼前の人物に私は心当たりがあった。

比較的最近に私と顔を合わせていた人物だ。

「あの時の……」

名前は知らない。

ただ、あの時、勇者と共に私のもとを訪ねてきた人物。その程度の認識しか持っていなかった。

私が直々《じきじき》に腕を踏み折った筈の男。

けれど、その彼は以前とは少し様子が違っていた。

「……見ないうちに随分と趣味の悪いタトゥーが入ってるじゃん」

男の全身に刻まれたトライバルタトゥー。

それはまるで、一定間隔で明滅しているかのようにも見える……恐らくただのタトゥーではない。

きっと、私でいう〝蒼き剣群《エ・スパーダ》〟のようなものなのだろうと、すぐに理解が及んだ。

男は足を擦らせるようにして移動し、身体を震わせる王太子を庇うように私の前に立つ。

一瞥する事もなく「お下がりください殿下」と口にする。

「……庇うのは別にいいけど」

私は酷薄に目を細めながら、侮辱《ぶじょく》の感情を声に乗せた。

「前、〝蒼き剣群《エ・スパーダ》〟どころか、剣すら抜いてない私に叩きのめされたの忘れた？」

返事は、ない。

それどころか、男に私が気を取られた隙に、ガゼルが何処かへ向かって駆け出そうと試みていた。

しかし。

「……あのさァ」

胸の奥にざわつきを覚えながら、私は冷え切った声で苛立ちをあらわにする。

「誰が逃げていいって言った？」

立ち塞がる者がどこの誰であれ。

私の邪魔をする奴は――、誰であろうと叩き潰す。そんな思いを胸に、意識を〝蒼き剣群《エ・スパーダ》〟に向けようとして。

けれど、そこで私は思いとどまる。

否、とある人物の言葉が私の行動を遮ったと言った方が正しいか。

――復讐を掲げるんなら、もうちっとばかし残酷になるべきだ。せめて右腕をはじめに斬り落とすくれぇにはな。

なぁ、ツェレア。

どうしてか、父親であるアウグレーンの言葉が思い起こされた。

どこまでも腹立たしい父親は、死んでも尚、私に意見をしてくるらしい。それに苦笑しながら私は、己の決定を覆す。

……そうだ。全くもってその通りだと、今回だけは父親の言葉を肯定した。

そして頬が裂けたような唇の歪みを前面に出し、私は嗤《わら》う。無様な王太子を、哂《わら》うのだ。

「剣を握って立ち向かわないのなら、その右腕、いらないよねえ？」

天に切っ先を向け浮遊していた〝蒼き剣群《エ・スパーダ》〟は、数にしておよそ数十。

視界を埋め尽くすほどの剣群の中から、数十の刃が王太子に狙いを定めた。

「……ッ!!　ぉ、い、ッ!!　さっさとその化け物を食い止めろッ！！！」

瞬きする間に供回りの兵士数十名を刺し殺された事が、まだ尾を引いているのか。

彼には私と真正面から相対する気はないらしい。

「…………」

全身にタトゥーが刻まれた男はその叫びに眉をひそめながらも、腰を少し落とす。

そして――肉薄。

彼の視線の先には、掲げた私の右腕がある。

「狙いは悪くない、けど……」

〝蒼き剣群《エ・スパーダ》〟を動かす為には何らかのアクションが必要。

そう判断したのか、彼は私の右腕目掛けて距離を詰め、腰に差していたサーベルのような得物を引き抜いた。

「お前と私じゃ、地力《じりき》が違うって前に教えてあげたよねぇッ!?」

左手に握っていた剣を横薙ぎに振るい、私は応戦する。折角、漸く……ここまで来たのに、

「私の邪魔を、するなぁぁあッ!!」

咆哮《ほうこう》。

堰《せき》を切ったように溢れ出す殺意。

それは力に変換され、剣を強く交錯させる。

金属音が響き、あたりに火花が散る。

地力の差がそのままカタチとなり、私に力負けした男が押し返され、後方へと吹き飛んだ。

「あ、がぁっ!?」

少し離れた場所より、遅れてやってくる悶絶《もんぜつ》する悲鳴。

「……あーあ。変に邪魔するから、王子さま、穴だらけになっちゃった」

先程のやり取りの影響もあって、手元が狂った〝蒼き剣群《エ・スパーダ》〟はガゼルの右腕を斬り落とすどころか、身体に二本ほど突き刺さるカタチになってしまい、彼は目をせり出させながら悶えていた。

痛みに顔を歪め、膝をつく。

そして、まるで人殺しとでも言いたげな瞳を向けてきた。

だけど。

「――アハ」

私は、醜悪に嗤《わら》う。

――人殺し。化け物。

ああ、あぁ、それがどうした。

それが一体何だと言うのか。

私の身にこびり付いた、拭い去れないほどの鉄の臭いは、人として嫌悪すべきものだろう。その自覚はある。

けれど、私の中の世界を鮮やかに彩ってくれていた大切な人は、もうこの世の何処にもいないのだ。

だというのに、どうして人に気を使わねばならないのか。私はほとほと理解に苦しむ。

「いざ自分が殺される。そんな立場に置かれた途端、このザマ」

……七年も待った。

それだけ準備に時間をかけたのは、私を貶めた者達が強大な存在に思えていたから。

なのに今じゃ、ずっとずっと矮小で、滑稽なものにしか見えない。

「でも、これぱっかりは譲れない」

だからといって、己が決めた道を歪める気はさらさらなかった。

ガゼル・ドラグナードは、殺す。

彼だけは、何があっても殺すと私自身が決め、墓標の前で誓ってすらいたから。

「だから私は止まらない」

不敵に笑い、

「出番だよ、――――〝スピーアの劔《つるぎ》〟」

名を口にする。

天に座す、ひときわ大きな劔《つるぎ》の名を。

「生かすつもりなんて、毛頭ない。けれどそれでも尚、生き永らえたいのなら」

必死に身体を起き上がらせようとするタトゥーの男と。

身体に突き刺さった〝蒼き剣群《エ・スパーダ》〟を引き抜こうとするガゼル。

その両者を見やりながら私は、

「昔の私のように、醜態《しゅうたい》晒してでも抗《あらが》ってみせなよ。クソ共が――――ッッ!!!」

思いの丈を言葉にして、強く叫んだ。

そしてゆっくりと落ちる――青白の光輝《スピーアの劔》。

連動するように、私も動く。

剣を手にしたまま躊躇《ためら》う事なく大地を強く踏み込み、再度——肉薄。

私の眼光に射竦められたガゼルに、避けるすべなど最早ありはしない。

今度こそ、腕を。

そんな想いと共に振り抜く剣。

「殿下——ッ!!」

明滅するトライバルタトゥーを身に刻んだ男は間に合わないと知ってか、迫る凶刃を知らせるべく血を吐くように絶叫する。

そして、

「ああぁッッ！！！　往生際が悪いなァッ！！？」

重なる凶刃。

二度、三度と剣戟《けんげき》の音はまだ、響く。

私とガゼルの間に別の兵士が割り込んできた。最初の〝蒼き剣群《エ・スパーダ》〟で殺し損ねていた兵士。

腹の底から憤怒し、額に血管を浮かべながら私は哮《たけ》る。

「私の邪魔をするなって、言ってるよねええッッ！！？」

昂ぶる感情に呼応し、眼前に殺到する〝蒼き剣群《エ・スパーダ》〟。

それは立ち塞がった兵士の肢体を容赦なく斬り刻む。焦燥に駆られ、慌てて再度切迫してきていたタトゥーの男の身体すらも。

私の眼に映る全ての対象に、〝蒼き剣群《エ・スパーダ》〟は牙を剥き、刃を突き立てる。

「殿下、殿下、殿下ってさァッ!! 鬱陶《うっとう》しいんだよその言葉が！！！」

ぐしゃぐしゃに髪を掻き毟《むし》りながら、私は限界まで圧搾した殺意を無差別に振りまいた。

「王族なら何をしても許される!? 王族だから、生かされる!? 王族だから、……その王族だからって言葉が一番腹立たしいんだよ……!!」

七年前。

私が追放されたキッカケとなったのは、王族だ。

そして誰からも見捨てられたわけも、言わずもがな王族に帰結する。王族、王族と誰もが彼らを崇め、称え、天上人《てんじょうびと》として認識する。

「王族がいなければ機能しない？ だったら滅べよこんな世界!!」

怒りをあらわに、私は剣を打ちつける。

縦横無尽に、嵐のような暴虐さを兼ね揃えた剣は、目の前の全てを蹂躙《じゅうりん》する。

こうして私が剣を振るうようになって、分かった事がひとつだけある。それはこの世界が思いの外厳しくて、無残で、無情で、酷薄なくらいに――平等だったという事。

この世界で誰が何をしていようと。

勝手に世界は廻り、勝手に世界は巡る。

人間なんてちっぽけな存在を、そもそも世界は気にしちゃいないのだ……だから、平等。

どこまでも、平等なのだ。

故に――――。

「王族なんてものが消えようが、滅ぼうが、無くなろうが、世界は何一つとして変わらない。たとえそうなろうとも、世界は変わらず一日を迎えては、終わる」

言ってしまえば、世界のありように人間の仕組みは関係ないのだ。

相手が王族であろうと、世界の観点に立てば、刃を向ける事になんの不遜もありはしない。もし仮に、それを不敬とほざく者がいるのならば、そいつは救いようがないほど愚かしく、烏滸《おこ》がましい。

だから私は刃を向ける。

だから私は殺してしまおうと思える。

だから私は壊そうと思ったんだ。

この、腐った世界を。

「だからね、お前らがいようがいまいが、何も変わらない」

私から言わせれば王族なんて存在は驕《おご》るだけの不要物。己中心と信じて疑わない愚者の、一体何処に必要性があると言うのだろうか。

「だったら、殺す他ないじゃん」

仮に、世間が言うように、王族殺しで世界《秩序》が壊れるとしても、私は凶刃を振るう。

何故ならば、こんな王族《害悪》がいたから私のような存在が出来上がったのだと知っているから。そのせいで死した人間を、私は何人も知っているから。

全てを失った人間《己》の末路はどこまでも哀れで、愚かしくて、生きる理由すらも穢《けが》らわしくて。その惨めさを私は誰よりも知っていたから、殺《壊》そうと思った。

そんな人間が生まれる世界なんて、必要ないと他でもない私が思ったから――――。

「……はっ。お前は、」

声が聞こえた。

それは目の前から。

傷を負いながらも私の猛攻を耐えていた兵士の口から、呼気と共に声が聞こえた。

「――どうしようもなく道を外れている」

「ほんと、可笑しな事を言うねえ。その言葉は、向ける相手が違うでしょ」

私だって、好きでこうなったわけじゃない。

叶うならば、こんな殺伐とした場所に身を置いて、血濡れた剣を振るい続ける人生を送りたくはなかった。けれど、それを強要したのは他でもないお前らじゃないか。

「それは、あっちの王子さまに言うべき言葉」

原因は紛れもなく彼にある。

当事者である私がそう断言しよう。

彼がいなければ、今ここに壊れ切った私は間違いなくいなかったと、断言しよう。

「それを認めないって言うのなら、お前に私の事をとやかく言う資格はどこにもない」

瞬間、パキリと健康的な歯が欠ける音が聞こえた。怒りに任せて思い切り歯を食いしばった事で生まれた小さな音。

音の出どころは、探すまでもなかった。

「………そういうところが、外れてるって言ってんのさ。俺はよ」

彼は物分かりの悪い奴だなと瘧《おこり》のように身体を震わせ、呟いた。

「王族を殺すなどと、」

「お前らは神聖視してるのかもしれない。でも、さ。その王族にだって、私の刃は届く。殺す事だって出来る。煎《せん》じ詰めれば彼らも人間。そして私も人間。特別だなんて言葉は何処にも存在しない。報いは受けるべきなんだよ。相応の、報いを」

男の声を遮るように、私は言葉を被せる。

そして青白の光輝《スピーアの剱》が落下すると同時、黒い何かが私の視界に映り込み、聞き慣れない音が鼓膜を揺らした。

そのせいか誤差が生じ、青白の光輝《スピーアの剱》は標的に命中する事なく、大地に突き刺さり、大きな振動だけを周囲に伝播《でんぱ》させる。

「…………は？」

聞き慣れない音の正体。

それは刃音であった。私の右腕を、斬り裂いた音。次いで、千切れ飛んだ腕が落下する音が、すぐ側から聞こえた。

私の右腕があった場所へと、何かが伸びていた。それは、刃だ。黒い、刃。

まるで影のようなソレは、私の金属の腕をあっさりと両断してしまっていた。

「……あぁ、なる、ほどね。意識の隙をついて、かあ」

男の身体に刻まれたトライバルタトゥーの正体。

それが先ほどの影なのだと理解して、私は嗤《わら》う。血に彩られた凄惨な笑みを、浮かべた。

「ああ、もうっ、思い通りにならないなア……」

チラリと一瞥し、ガゼルがとてもじゃないが逃げられる状態でない事を確認する。

すぐ側からはひゅー、ひゅー、と掠れた息遣いが聞こえる。それは最早、立って会話をするだけで精一杯であろう兵士の男の口から。

「……いいよ。それならかかっておいでよ」

彼と、謎の影を扱う男。

その二人を同時に相手取らんと私は声を上げた。

「私は、お前らの全てを否定する。何せ……その為に、力をつけたからね」

敵意を一身に浴びせられ、攻めあぐねるタトゥーの男へと、

「取り敢えず」

宙に浮遊する〝蒼き剣群《エ・スパーダ》〟が一斉に切っ先を向ける。

そして、私は一瞬だけ、斬り捨てられた腕の残骸を見つめてから、

「腕、斬ってくれたお返し」

右足を大きく踏み込む。

宙に気を取られていた男へ肉薄し、軽くなった右腕の断面で、

「受け取ってよ、ねぇッッ!!」

そのまま顔面を思い切り殴り抜いた。

吹き飛ぶタトゥーの男を見ながら私は笑う。

「ハ、あは、あははっ、あはははははハハッ！！！」

私が歪みきった哄笑を轟かせる中、一撃を浴びせようと迫ってくる影がひとつ。

――事この場に至って出し惜しみなどするものか。全霊《ぜんれい》を以て斬り伏せるのみ。己の身体の事など……二の次。

命の最後の一滴まで燃やし尽くせ。

私は割れんばかりの怒号を放つ。

「開、けッ――――〝幽世《かくりよ》の門〟！！！！」

頬に浮かび上がっていた血管が、ブチリと引き裂ける音がした。噴き出した鮮紅色の飛沫《しぶき》は、私の相貌を凄惨に彩る。

同時、ぶわっ、と悪寒が走る。それに呼応するように、僅かに差し込んでいた陽光は雲の合間に隠れ、世界は闇に染まった。

「――――」

なん、だ、これは。

その感想は、この場にいた私を除く全ての人間の心境を、的確に表していた。

大地の底から蠢《うごめ》き、姿を覗かせる無数の触手のような漆黒の腕。それを視認したならば、まず間違いなく、誰もが同じ言葉を胸に抱いた事だろう。

――一体これは、何なのだ、と。

〝契約魔法〟――――幽世《かくりよ》の誓い。

斬り落とされた私の右腕が義手であった事実すら、一瞬で端に追いやるほどの衝撃を以てして、漆黒の腕の衝撃は彼らの脳内を容赦なく埋め尽くしたようだ。

「これで天と、地は私のもの」

浮かぶ〝蒼き剣群《エ・スパーダ》〟と大地に蠢く漆黒の触手。

言葉通り、この場、この瞬間に限り、天と地は私のテリトリー。

「これを凌《しの》げるものなら凌いでみなよ……ッ！！！」

そして駄目押しとばかりに、私が敵対する二人に向かって突撃。それは、先程までとは一線を画す、まるで空間が縮んだと錯覚するほどの激烈な肉薄。

一瞬を経て、火花を伴う擦過音が響いた。

「ぁ、が――――ッ!!」

やまない、連撃。

相手が苦悶に喘ごうと、手心は生まれない。

それどころか、甲高《かんだか》く鳴る剣撃の音は上限知らずに高まるのみ。

「ば、け、ものが……ッ!!」

そこで漸く、タトゥーの男が弱音を吐く。

身は竦み、彼の本能は私という存在の理解を拒んでいた。

蠢く得体の知れない触手が移動を阻み。

少しでも距離を取ろうものなら、空に浮かぶ〝蒼き剣群《エ・スパーダ》〟が間髪《かんはつ》いれずに飛来する。そして正面には剣を携えた私がいる。

逃げ道はどこにもありはしない。

「バケモノ、バケモノってさぁ⁉　ほんっと煩いなァ！！？」

己の意志を、感情を叩きつけるように、私はがむしゃらに剣を振るい続ける。間違っても剣技とは言えない乱暴さが入り混じった剣撃。そして、剣の速度は昂ぶる感情と共にどこまでも上がっていく。

放つ殺意と激怒の咆哮は周りへと伝播《でんぱ》し、それに怯えでもしたかのように辺りはシン、と静まり返っている。

そして、心の慟哭《どうこく》を漏らし続けるうちにいつの間にか、私の頬には一筋の涙が流れていた。

それは決してバケモノと呼ばれたからではない。むしろその部分に関しては、私自身も同意するところだ。きっと、こうしてバケモノと揶揄《やゆ》されるほどの力を手にしていなければ、そもそもこの瞬間にすら至れていなかったと理解しているから。

私が涙を流す理由は、もっと別の話。

「こうするしかなかったって、お前らが誰よりも分かってるだろうがッ！！！」

それは、血を吐くような叫び。

この涙は、悔しさからくるものだった。

当たり前の幸せを望んでいただけなのに、勝手な都合でそれを壊され、重なる悲劇。その無念を晴らす為には力を得るしかなかった。

そして幾重もの痛苦の果てに力を得た途端、バケモノと揶揄され、通すべき筋を通そうと試みた瞬間、壊れた極悪人と蔑まれる。

……当たり前の幸せとは、どうしてこうも享受《きょうじゅ》出来ないものなのかと。それほどまでに遠い存在なのかと。悲しくなって、涙が溢れた。

「お前らを壊《殺》すには、こうするしかなかったってッ！！」

パキリと、何かが割れる。

眼前に舞う銀の欠片。

それが苛烈な打ち合いによって砕け割れてしまった、タトゥーの男のサーベルの破片であると認識するのに、そう時間は要さなかった。

「こ、の……ッ!!」

剣同士の迫り合いは己が劣勢。

彼は勝てないと悟ってか、後方へと距離を取るように大きく跳躍する。しかし。

「逃、がすもんか――――ッ!!」

私は対象が己の間合いから遠ざかったと知りながらも、大気すらも裂けろと言わんばかりの横薙ぎを繰り出す。そして、即座に牙を剥く〝蒼き剣群《エ・スパーダ》〟。

既に瀕死であろうタトゥーの男に対しての、トドメの駄目押し。

「が、ぁ、ッ……!?」

上空から飛来する流星のごとき怒涛《どとう》の連撃。

砂礫《されき》が巻き上がり、眼前いっぱいに立ち込める。

次いで、仄暗《ほのぐら》くなった視界を彩るように、黒ずんだ鮮血が噴き散らされた。

「き、さまッ！！！」

怒りを覚えたらしい兵士の男の声が、後ろから聞こえる。続いて、ブォンッ、という風切り音。

何かを投擲《とうてき》したようだ。

けれど。

「不意打ちは、もう喰らわない」

背後から迫る凶刃を、蠢く触手が絡み取る。

「道を阻め――〝咎人の罪腕《リスティル》〟」

直後、命でも吹き込まれたかのように兵士の男に襲いかかる触手《罪腕》。

男の左足に手を掛け、移動を阻む。

「ま、ず、ぃッ」

――ただでさえ勝ち目が薄いというのにッ!!

足すらも封じられては……!!

そんな思いが透けて見えたが、私はそれに構わず、身体ごと彼に向き直る。そして腰を落とし、大地を思い切り蹴り上げ、後方に砂礫を撒き散らす。

詰まる距離。

私は身体をバネのようにぎぎぎ、と捻らせながら、一人の男の技術を思い浮かべた。

それは、剣の極致に至った魔王《剣士》の御技《みわざ》。

「――〝閃撃《せんげき》〟」

およそ情というものを全て抜いた声と共に、放たれる一撃。

鈍色の軌跡が迸《ほとばし》る。

「なん、つぅ、」

強さだよこれは!?

言葉にこそならなかったものの、その顔が雄弁に語っていた。兵士の男は幽鬼《ゆうき》にでも出くわしたかのような面持ちを崩さない。

得物は先の投擲《とうてき》により失っており、私の剣を防ぐ方法は皆無。

最早斬られるだけの案山子《かかし》。なれど、

「……チィ――っ!! これ以上、はッ、無理か、〝夢幻の詩《フォルティア》〟ッッ――!!!」

直後。

触手《罪腕》に囚われていた筈の男が、幻のように掻き消え、数十メートル先に姿を現す。

ギリギリ間に合った。

彼はそんな感想を抱いているであろうが、実のところ既に手遅れだった。

〝蒼き剣群《エ・スパーダ》〟と〝幽世の門《かくりよ》〟。この二つの手札を切った時点で勝敗は決していたのだ。

死ぬのが早いか、遅いか。

後はそれだけの違い。

「……は、ははは」

乾いた笑い声は、今の彼が張れる精一杯の虚勢。

右腕の付け根からは勢い良く血が噴き出している。付け根から先は、既に存在していない。

そんな兵士の顔色は蒼白で、今にも死ぬのではと思えるほどに酷いものであった。

「……逃げますよ殿下」

未だに青白の剣による痛みに悶えるガゼルに駆け寄り、逃亡を促す兵士の男。

「あれに、化け物なんて言葉は生温い。少なく見積もって、魔将軍クラス……今この状況において勝ち目はありません」

「だ、だったらどうしろというのだ‼」

「だから、逃げるんですよ殿下」

まず間違いなく、魔王はまだ王都の何処かで暴れている。

……故に、城に戻るという選択肢はあり得ない。

ならば……逃げる先は他国。

兵士の男は黙考し、一瞬で最適解を導き出したようだった。

しかし。

「……あの、さァ。そんなつまらない真似、私が許すと思ってんの？」

それをおめおめと許す私ではない。

「立ち向かおうとするならまだしも、逃げる？　今更？　何ぬかしてんの？」

私は切れる限りの手札を切り、不退転の覚悟でこの場に臨んでいた。

現に手札は殆ど見せてしまっている。

だから、何が何でも此処で全てを決めねばならない。

私は、こめかみに浮かぶ血管を膨れ上がらせながら、怒りを詰め込めるだけ詰め込んで言い放つ。

「誰が逃すか……何が何でも最後まで付き合わせるよ」

口ではそう言ってみせたが、その反面、身体は無限に貫き穿《うが》たれる感覚に悲鳴を上げていた。

限界。

そんな二文字が頭の中で明滅する。

しかし、それが何だ。この場だけは、何があろうと引く事は出来やしない。

この為、この瞬間を味わう為に私は生きてきたと言っても過言ではないのだから。

「さっきみたいにすり抜けるのなら、僅かな隙間すら消してやれば良い。埋め尽くしてやれば良い。何処にも逃げ道はないんだと思い知らせてあげる」

物分かりの悪い子供に分からせるように。

「だから、さァっ」

血に塗れた頬を手の甲で拭いながら、口角と目尻を歪める。愉悦に、喜悦に、嗜虐《しぎゃく》に、残酷に、酷薄に、醜悪に。

胸中に根を張ったどす黒い感情を吐き出さんと、私は壊れ切った笑みを浮かべる。耽溺《たんでき》する私に、最早彼ら以外のものなぞ見えていなかった。

「ふ、ふふ……はは、アハはっ、ははははッ、はははははははは!! 壊れろ!! こわれろ!! コワレロっ!!　何もかもを壊してよッッ!!　――〝蒼き剣群《エ・スパーダ》〟アァアアッッ！！！」

顕現させた数は果たして幾百か、幾千か。

既に視界を覆うほど浮かび上がっていた剣が、更に数を増す。

使用過多により、忙しなく去来する頭痛であったが、そんなものはこの時、この瞬間においてはあってないようなもの。

度外視だ。そんなものは、どうでもいい。

待ち望んだこの時を邪魔するな。

本来抑え込めるものではない痛みを、そうやって無理矢理隅に追いやる。

身体が動きを止めるその瞬間まで、私は追撃の手を休める気は毛頭なかった。

「私が、……此処から逃す気がないってここまでくれば流石に分かるでしょ。そろそろ覚悟決めなよ」

戦いが終わるのは、生きて、生きて、生き抜いた時。

もしくは、負けを肯定してしまった時。

分不相応の力を行使するが為に、あらわとなっていく己の身体の崩壊。

口端から血がこぼれ、視界にも血が混じる。

赤色の涙を微かに流しながら、私は告げる。

「逃げ場なんてものは、もう何処にもないんだからさ」

20

「……止めなくても、良いのか」

「何言ってるの？　ツェレア《あの子》の決意を、私が蔑《ないがし》ろにするわけないじゃない」

ツェレア・ベイセストの戦闘を遠く離れた場所より見つめ続けていた者の一人――ラナーが返答する。

「修羅《しゅら》の道も、仏の道も……どんな道を進むにせよ、あの子の人生はあの子のもの。七年も悩み抜いた果てにたどり着いた答えに、今更私が口出しするなんて無粋もいいとこでしょう？」

「……確かにな」

天を仰ぎながら彼女の言葉を肯定する男――魔王は、少しだけ悲しそうに表情を歪めていた。

「だが、」

彼は警告する。

「きっとあいつも俺らと同じようになるぞ」

復讐を遂げた――成れの果て。

そういった存在がどんな末路をたどったか、それを誰よりも身近な場所で見てきた魔王だからこそ、警告するのだ。

「たとえそうなるとしても、後悔をしないで済むわ」

後悔を、しないで済む。

その言葉こそが決定打であった。

復讐は何も生まない。

そんな言葉を宣《のたま》う人間がこの世には一定数存在するが、それは真っ赤な嘘である。

少なくとも、復讐を果たした事で見える世界は全く異なる。それを、彼らは知っている。

故に、ラナーのその言葉に対して反論する事は出来なかったのだ。

「貴方だって、後悔をしていないのでしょう？　魔王として生きてきた事を、今までも、これからも」

「当たり前だ」

「私がツェレア《あの子》を止めない理由はそれよ。たとえ復讐を終えて空虚に苛《さいな》まれようとも、後悔だけはしないで済む。空いた穴なんてまた何か別のもので埋めれば良いだけの話じゃない」

貴方達とは違ってツェレア《あの子》は人間。

ずっとずっと融通が利くわ。

そう言って、ラナーは笑う。

この女神はどこまでもツェレア・ベイセストに肩入れするつもりなのだと魔王は理解し、「知ってはいたが、随分と入れ込んでいるのだな」と、言いながら視線を彼女に向けた。

「同じ穴の狢《むじな》。手を貸すのは当然じゃない？」

「まぁ……、そうだな」

いわば同類。大切な人間、そして当たり前の日常を奪われた者同士。であれば、同情する余地は十二分に存在していた。

覆水盆《ふくすいぼん》に返らず。

失ったものは、二度と元には戻らない。

復讐を果たしたところで、過去に戻る事は出来ない。

しかし、ラナーの言う通り、復讐を遂げるためだけに存在しているような魔族とは違い、ツェレア・ベイセストは未だ人間である。

なればこそ、あの少女は救われるべき存在であるか、と魔王は小さな溜息を吐いた。

「女神《おまえ》は女神《おまえ》で好きにするが良いさ。俺達魔族はあくまで同じ境遇に苛まれる者に対して手を差し伸べるだけ。その先の救いになぞ、干渉する気は無い」

何せ、魔王含む魔族の者は、復讐を遂げるという事実こそが救いであると考えているから。

人間としての幸せを救いと考えるのならば、それはもう俺達が手を貸す必要性を感じん。と、彼は吐き捨てる。

「俺達は、所詮過去の亡霊《復讐者》よ。今回は手を貸しこそしたが、これ以上深入りするつもりはない」

復讐心は魔族《彼ら》の矜持《きょうじ》。

唯一とも言える、根幹に据えられた生きる理由。

けれど、そんな復讐心《もの》は闇に身を埋《うず》めでもしない限り、一生涯理解には至れない。

そして、彼らは外の者から口々に語られる。

理解から最も遠い存在であるが故に。

暴虐たる悪の存在だ――と。

「貴方達らしいわね」

魔族という存在に対し、それなりに理解を示す彼女だからこその言葉。

彼らにも情はある。

己と重ね、憐れむくらいの情は。

「そういう存在だからな」

そして、魔王は背を向ける。

ポタリ、と赤い血を滴らせながら、どこまでも普段通りに。

地面に転がっていた首は、虚《うつ》ろに空を見つめていた。

「……だが、まあ」

踵《きびす》を返した魔王であったが、何を思ってか背を向けたまま立ち止まる。

「もし仮に、」

「もし仮に？」

「ツェレア・ベイセストが俺と同じ答えを出したならば……また、出会《あ》う事もあるのかもな」

これが最後。

ツェレア・ベイセストと顔を合わせるまでもなく、魔王は彼女の前から消えるつもりであった。

「その答えって……世を憂《うれ》えたからこその人助けを、という事かしら」

「まあ、そんなところだ」

己と同じような不条理を味わった者に対し、手を差し伸べようとする。それは正《まさ》に、魔王のしている行為。

「それと、」

まだ何かあるのかと思うも、地面に視線を落とした魔王の見つめる先——胴体と首が泣き別れしてしまっている骸に目を向けて。彼が何を言いたいのか、ラナーは何となくであるが理解した。

「屍骸《しがい》は必要か？」

「……いえ」

数分前まで王であった何か。その側には、王が禁術で操ろうとした勇者二人の心臓も転がっている。魔王の圧倒的強さの前では、禁術とて何の意味もなさなかったのだ。

王もまたツェレア・ベイセストの復讐対象者であったが……今更、骸を見たところで彼女の心は満たされはしないだろう。だったら、死んだという事実を伝えるだけでいい。だから。

「いらないと思うわ」

「そうか」

返事を聞くや否や、魔王は頭蓋の部分に足を向け、そのまま重力に逆らう事なく下ろす。

ぐしゃり。

まるで、腐った果実でも踏み潰したかのような音が響いた。

「なぁ――、世界ってものは、どこまでも美しい」

……人は、醜いがな。

と、不意に魔王は風情《ふぜい》溢れる言葉を紡いだ。

「貴方ともあろう者が世界の風雅《ふうが》を解するのね……心底意外だわ」

「俺が憎んでいるのは人間だけよ。世界を恨んではいない。それにもし仮に、俺が世界を壊したいと願っていたならば、この世界はとうの昔に機能を失っている」

決してそれは大言壮語《たいげんそうご》ではなく。

魔王ならば、その言葉通りにする事が出来た。故に、ラナーはそれもそうねと小さく首肯した。

「広大で美しく、どこまでも世界は輝いている。人という生き物を無視した上で見えてくる『世界』というものは、なんと美しい事か」

しかし。

「だが、そんな世界を包み込む輝きに当てられて尚、俺達だけは薄暗い」

その言葉には、魔王なりのツェレア・ベイセストへの気遣いが含まれていた。

人間と、魔族の違い。

それを彼なりの言葉で回りくどく表現していた。

人間は醜い生き物だ。

……だが、それでも彼らは輝いている。

美しい世界で、彼らは生を享受している。

それこそが、憎悪しか残されていない魔族と人間の違い。

「俺達は魔族で、ツェレア《あ》・ベイ《い》セスト《っ》は人間だ。わけあって手を取る事はあっても、同じ場所に立つ事はあり得んよ」

出会う事があるかもしれないと魔王は言った。

けれど、同じ道をたどる事はあり得ないと突き放す。

それを示すべく、お役御免だとばかりに彼女に何も告げず、彼は姿を消そうとしているのだ。

ざぁっ、と。

ひときわ大きな一陣の風が吹いた。

「勝手に生きて、勝手に死ね。そして、勝手に救われろ。そう伝えてくれるか」

「……ええ」

「それと、」

一瞬。

言葉が止まった。

何を言うべきか。

それを悩んだ魔王は一度瞑目し、押し寄せる情報の奔流《ほんりゅう》に口角を曲げる。

一瞬後には何一つとして残らない記憶の懐古。脳裏に浮かび上がったのは己の婚約者であった女性の姿。

部下の女性に話していたように、魔王はツェレアと彼女を重ねてしまっているのだろう。

現にこうして思い出してしまっている。そして言葉では何と言おうとも、彼はやはり彼女を放ってはおけないようで。

「ツェレア《あ》・ベイ《い》セスト《っ》が道を違えていない限り、俺は手を貸そう……なに、同胞《はらから》の頼みならば無下にはせん」

「素直じゃないわね」

己とは違うと言ったり。

己の同胞《はらから》であると言ったり。

それならば言い訳がましく言葉を並べる必要もないじゃない、と思うラナーであったが、苦笑いを浮かべながらその言葉を呑み込んだ。

それは、無粋であると思ったから。

「……ふん。そら、ツェレア《あ》・ベイ《い》セスト《っ》のケジメももう終わる。側にいなくていいのか、女神」

「言われなくても行くわよ」

見れば、タトゥーの男は息が絶え。

割り込んでいた兵士も遂には倒れ伏していた。

そして残る一人——王太子も刃を向けられており、最早結果は透けて見えた。

「では、な」

「ええ」

女神と、魔王の邂逅《かいこう》。

思いもよらぬ接点を持った二人の会話はこうして締めくくられ、お互いに背を向けた。

ざっ、ざっ、とラナーが砂を擦る音は次第に遠ざかっていく。それを耳にしながら魔王は思う。

長年の悩みを、想うのだ。

世界は美しい。

恐らく、彼の瞳には、他の誰よりも世界が輝いて見えていた事だろう。誰よりも闇の部分を見詰めてきたから。

空は青くて。海も宝石のように綺麗だ。

吹く風は思わず目を細めてしまうほどに心地よく、射し込む日差しは冷え切った己の心すらも暖めてくれる。

そんな輝く世界に、魔族という薄暗い闇がひとつ。憎悪しか抱けない輝かない何かが……ひとつ。

どうして魔族という存在が生まれ落ちたのか。

それが最近の魔王《彼》の悩みであった。

そして、それを払拭《ふっしょく》してくれるのはきっと、ツェレア・ベイセスト《彼女》のような存在であるのだと、心の何処かで思っていたのかもしれない。

「人間は、嫌いだ」

かつて人間の素晴らしさに触れ、感嘆し、そして人間に恋をした人間だった魔王《男》は、己に言い聞かせるように口を開く。

人間とは、嫌悪するものの塊。

それぱかりは何があろうと変わらない。

「……と、思っていたんだがな」

けれど。

「存外、違うのやもしれん」

ツェレア・ベイセストや、人間のまま死んでしまった婚約者だった女性。

僅かながら、人間にも悪感情を抱かない者がいるという事実に気付かされ、彼は参ったとばかりに笑っていた。

21

斬って、斬って、斬り殺して。

タトゥーの男も。兵士の男も。全部、ぜんぶ殺して。漸く我に返った時。

私の目の前には血に塗れたガゼル・ドラグナードただ一人となっていた。

「く、っ、くるなッ！！！」

己を苛む痛みをこの時だけは度外視して、彼は必死に後退り、私から距離を取っていた。

恥も外聞も投げ捨てて惨めに、浅ましく。

彼は、私に『怯え』の瞳を向けていた。

それは憎しみのような、恐怖のような、諦めのような、悲しみのような。

そんな、様々な感情を織り交ぜた瞳。

その『怯え』の瞳を目にするたび、かつての己が思い起こされる。類似した瞳で、世界を見詰めていた己の事が。

気付けば、血塗れの剣を抱えた人殺しの女が私を見て嗤《わら》っていた。憐れであるとばかりに嘲笑っていた。魔の森に来た頃の小さな体躯《たいく》の私が、まるで化かされたかのように私の視界に映っている。


——どうだった？

過去の私がそう問いかけてきた。

——復讐に身を堕とした結果は、どうだった？　心は満たされた？　心を容赦なく斬り刻んでくれた過去の傷は癒えた？

……復讐に走ったところで何も帰ってこない。

憎しみという感情の代わりにやってくる欲動が、後悔でしかないのだと、元より心の何処かで理解していた。過去の私は、微かな虚無感に苛まれている今の私の心境を知ってか知らずか、嘲笑い続ける。

――仇を幾ら取ろうとも、取りこぼしたあの頃は戻ってこない。ただ虚しいだけ。ただ、悲しいだけ。

――仇を取るなんて大義を掲げていたけど、結局、お前自身が許せなかっただけなんだよ。ただお前は、人を殺したかっただけの人殺しなんだよ。


「……そうだね」

私がそう肯定すると、どうしてか意外なものを見るように、過去の私は驚いていた。

「確かに、私は人殺しだ」

今更その事実を否定する気も、あえて責任転嫁《てんか》をする気も毛頭ない。

だから私は投げ掛けられた言葉を受け止める。

「でも、後悔だけはしたくないんだよ」

失ったものはもう戻ってはこない。

それは己自身が一番分かっている。

だったら、今は後悔をしないで済むように、己が考え得る限りの最善を尽くす他ないじゃないか。


——それが、心を穿《うが》つような虚無感に繋がるとしても？


「そんなの、当たり前じゃん」

復讐を終える事で、独善の刃を振り下ろしたという事実だけが残ろうとも。

私は復讐の為に生きてきたのだ。

何を今更。

「仇すら討てず、原因となった下手人がのうのうと生きる。そんな未来を他の全員が肯定しようとも、私だけは何があっても許さない」

私だけは、何があろうと。

「偽りの平穏に満足するだなんて、それこそあり得ない」

都合の悪い事実から目を逸らし、『復讐』を忘れて生きる？　人殺しは悪だ。そんな耳障りの良いだけの言葉を盲信し、何もかもを忘れてヘラヘラと笑い、日常を享受しろと？

……それは、だめだ。

それだけはあり得ない。

「あり得ないんだよ」

舌に乗せられた言葉の重さの違いに、過去の私は驚いていた。

「それに私は、何もかも納得ずくでこの場に立ってる」

私《お前》に言われずとも、私自身、もう嫌になるほど悩み続けてきた。そして、偽善に殉死すべきでないと結論が出た。

報いは与えなければならないと、他でもない私が決めている。

「……それに、この場に、立たせて貰ってる」

私は恩を感じていた。

魔王に。ラナーに。

だったら、尚更、

「ただの人殺しと蔑まれようとも、こればっかりは譲れないよ」

ここで後に退くという選択肢は存在しない。

「だって、ここでやめたら私はカレンに顔向けが出来なくなる」

今更、見逃す気もないが。

「命を張って庇ってくれた妹の墓前に、二度と立てなくなる」


――悲しいね。


どうしてか。

眼前に立ち尽くす過去の私は、不意に何の脈絡もない言葉を漏らした。

「悲しいもんか」

私はそれを否定する。

でも……本当は悲しかった。

今も昔も変わらず、私は悲しかった。

だから、誰よりも私を知る過去の私は、悲しいと言ったのだ。あの温かかった日常を知っているからこそ、現状を、私の覚悟を、意志を目にして悲しいと口にする。

殺しても、殺しても。

魂の熱は冷めるばかり。

結果こそ伴っていたが、筆舌に尽くしがたい寂寞《せきばく》が私を容赦なく蝕んでいるのもまた事実。

「……たとえ、悲しかったとしても」

期せずして己の本心を再認識させられ、私は付け加える事にした。

「今の私なら、笑って死ねる」


——笑って？


「これから先、胸を抉るような虚無感に苛《さいな》まれたとしても、後悔だけはしないで済む。きっと私は死ぬ時に笑う事が出来る」

怨念。怨嗟《えんさ》。慟哭《どうこく》。

この手で斬り殺した人間の憎悪が私の肩にのしかかろうとも、きっと私はそれを受け入れられる。その結果に対して、他でもない私が満足しているのだから。

「その事実さえあれば、私は満足なんだよ」

因果応報に、暗くて光の無いどぶの底みたいな場所で死ぬ事になろうが、私はこの結果と達成感さえ胸にあれば満足出来る。それを確信していたからこそ、人殺しの茨《いばら》の道だろうと歩く事が出来たのだ。

――……そっか。

少しだけ悲しそうに、どこか嬉しそうに過去の私は微かに微笑む。

――それならいい、いいんだ。

莞爾《かんじ》として笑う私《彼女》は、憑《つ》き物が落ちたかのような表情を向けながら私の元へと歩み寄った。

――そんな在り方も、きっと私らしいだろうから。

それを最後に、過去の私の姿をした幻覚は、砂で出来た城のように風化していく。さらさらと、風にでも吹かれるようにゆっくりと崩れ去る。

残されたのは、私とガゼル・ドラグナードただ二人。

「ぼ、僕は王になる男だぞ……ッ！！」

不意に聞こえた声。

血を吐くような怒号に似たそれは、今の彼に出来る最大限の恫喝《どうかつ》であった。

だが、その叫びには溢れんばかりの『怯え』が入り混じっていた。だからだろう。全く、怖いと思わなかった。

「王がどれだけ重い存在であるか、貴様は何も分かっていない!! 僕を殺すという事が――」

「それが何？」

最後まで言葉を待たず、私は発言を遮った。

「王族だろうが何だろうが、私の刃は届く。たとえ、どれだけお前が重い存在であったとしてもね」

ぶん、と手にした剣を振れば、刃に乗っていた赤い水滴がガゼルの相貌へと散り、付着した。

「……何より。お前は妹の仇だ。だから仮にお前が王だろうが神だろうが、私が剣を振り抜く事に躊躇《ためら》いなんて、数瞬とて抱く筈がないよ」

「ぼ、くはッ……」

「殺してないって？ ……ほんと、つまらない嘘つくね」

呆れ切った私の双眸《そうぼう》がガゼルを睨み据えた。

父親《アウグレーン》が庇う相手は、王族に違いない。あの頃の王族でカレンを消したがるのは、そのうち国王とガゼルだけ。

ガゼルの父である現国王は、私の目から見ても随分な臆病者だった……いや、己の手を汚す事を過度に嫌っている、と言ったほうが的確か。部下にやらせるにしても、惨たらしく殺すのを好む性質《たち》ではない。

そしてガゼルはといえば特別癇癪《かんしゃく》が酷い。

だから、殺すならコイツだろうという憶測からの言葉だった。

そんなブラフにすら、逼迫し切ったガゼルは言葉に詰まる。余裕というものはどこにも存在していなかった。

「でも、そうだろうが、そうでなかろうが。お前のような奴はいらないよ」

このまま生かしておけば、きっと私のような人間がまた一人と生まれてしまう。それは断言する事が出来た。

個人的な恨みも含め、ガゼル・ドラグナードは此処で殺す。それは最早、決定事項であった。

そうして私が彼の元へと、殊更ゆっくりと近づく最中。

「…………」

数瞬先に待ち受ける己の末路を漸く悟ってか、ガゼル・ドラグナードが揺らぐ瞳で私を射抜きながらも、閉口。次いで、

「……あぁ、そうだとも。そうだとも。お前の妹——カレン・ベイセストは僕が殺した」

吹っ切れでもしたのか。

小悪党染みた表情を装い、彼は笑った。

「あれ、はそうだなぁ、良い死に様だったさ」

目の前で何十、何百と躊躇《ためら》いなく殺した私が怖いのだろう。青白の剣で己を刺し貫いた私が怖くて仕方がないのだろう。

急に語り始めたガゼルの声は、あからさまに震えていた。

「確か、そう、だな。姉は無実だ、何かの間違いだと騒ぎ立てる鬱陶《うっとう》しい輩だった。しかし僕は元より、シフィアと婚約さえ出来ればそれで良かった。だから放っておいたのだが……あろう事かあの目障りな輩はシフィアに入れ知恵を始めたのだ」

シフィア・レリクス第二皇女。

それは、ガゼルが執心していた他国の皇女。

私がこうなってしまった理由の一つとして彼女の存在が挙げられるだろうが、私はシフィア皇女を恨んではいない。何故ならば、彼女に罪は一切ないと知っているから。

私が婚約を破棄され、ありもしない罪を着せられ、国外追放を言い渡される事になったキッカケこそが、ガゼルによるシフィア皇女への求婚であった。

政治的な理由で私と婚約していた彼は、あろう事か、その状態のまま彼女に求婚をしていたのだ。

しかし、彼女はそんな彼を相手にしなかった。けれど、ガゼルはそれにめげる事もなく――。

「お前を排除し、僕のしがらみは無くなった。お前の存在を気に留めていたシフィアも、お前が罪人と知るや否や、求婚に不承不承《ふしょうぶしょう》ではあったが応じてくれたとも。絆など後からついてくるもの。だから僕はそれについて気にはしていなかったのだが、そこに茶々を入れてくれたんだ……カレン・ベイセストはな……ッ」

「………」

首を刎ねんと距離を詰めていた私であったが、ガゼルのその話に対し、馬鹿正直に聞き入っていた。

きっとそれは、この話はこの機会を逃してしまえば、もう二度と知り得ないものだろうと、心の何処かで直感してしまっていたから。

「だから、殺してやった。姉妹二人揃って悪党としてこの僕が殺してやった!! 僕の為に死ねるんだ。これ以上ない栄誉だろう? ……と、思っていたんだが、まさかお前が生きていたとは」

「……お陰様で色々と失ったけど、こうして、なんとか生きていられてる」

内容とは裏腹に、向ける言葉には感謝どころか怒りを込める。殺気を向けると、びくりと彼の身体が小さく跳ねた。

こんな小物に私は人生を壊されたのか。

そう思うとやはり、どうしようもない徒労感に襲われてしまう。

「言いたい事は、それだけ？」

末期《まつご》の言葉くらいは聞いてやろう。

そんな思いで憐憫《れんびん》の目を向けると、にぃ、とガゼルは笑みを深めた。まるでそれは、私を嘲弄でもするかのように。

「特別にあれの遺言を教えてやろうか」

ピタリ、と、思考が停止する。

あれ、とはカレンの事なのだろう。

「心して聞けよ、ツェレア・ベイセスト」

そう言ってガゼル・ドラグナードは私に向けて腕を差し伸ばし——親指を下へ向けた。

「地獄に堕ちろ、クソ王子、だそうだ」

そして続けざま、まるでその言葉をなぞるように。模倣でもするように。

「そして僕からも一言、言わせて貰おうか。地獄に堕ちろ、ツェレア・ベイセストッ！！！」

きっとこれは、彼なりの抵抗であったのだ。

カレンを思い出すたび、お前は僕の存在も思い出す。そんな呪いを私に掛けようとしていたのだ。

故に、カレンの遺言と重なるような言葉を選んだのだろう。

だから、死に際で、酷く血色が悪いというのに、喜悦に顔を歪めている。

しかし残念かな、

「……ほんっと、哀れだね」

その抵抗は私の心には一切、響かなかった。

「最期の最期にそんな事しか出来ないお前が本当に哀れで仕方がない。カレンの遺言は確かに聞き届けた。でも、それを真似したからといって、カレンと私の思い出にお前が割り込む余地なんてないよ。思い上がりも甚《はなは》だしいね」

取るに足らない愚かしい真似を敢行したガゼルを心の底から侮蔑し、軽蔑する。嘲笑い、憐憫を向ける。

プライドの塊である彼からすれば、私のこの態度こそが何よりも許せないものであると知っているから。

「お、まえ、さえ。お前さえ、いなければ。お前や、魔王がいなければ……ッ、全て思い通りに事が運んでいた筈なんだ!! なのに、なのにどうして高々、貴族の女一人にこの僕が振り回されなければならないんだッッ!!」

苦し紛れに叫びが上がった。

これが彼の本性。この場限りの取り繕いも虚しく、すぐにその化けの皮が剥がれてしまっていた。

耐えきれなかったのだろう、己を侮辱され続けるという事実に。

醜い慟哭を、ガゼルは恥も外聞も投げ捨てて叫び散らす。

「お前らはただ僕に従ってれば良いのだッッ!!　頭を下げて、媚《こ》びへつらい!!　僕の機嫌を取ってさえいればッッ!!」

報われないなと思った。

命を懸けて彼を守ろうとしていたタトゥーの男と、兵士の男が、どこまでも報われないと思ってしまった。

守ろうとしていた主君がこれほどまでに醜くて、可哀想だと思ってしまった。

そして、私は剣をガゼルの首元に添えた。

苦しめて、苦しめて。

その果てに殺してやろうと思っていた筈なのに、どうしてかそんな考えは、気が付けば消え失せていた。

きっとそれはガゼル・ドラグナードの声が聞くに堪《た》えないものであったから。

もう顔を見たくもなかったから。

だか、ら。

「いつか後悔するぞ！！　ツェレア・ベイセストぉぉぉぉッ！！！！」

「ほんと、物分かりの悪い王子さま」

これまでもう何度となく口にしてきたのに。

私という人間を少しでも理解出来ていたならば、それはあり得ないと分かっただろうに。

「私にとって、間違ってもそれは後悔じゃないんだよ」

「貴、様はッッ――――！！！」

そこで、言葉が途切れた。

「……最期まで往生際が、悪いよ」

代わりに、赤い飛沫《しぶき》が眼前を凄惨に彩った。

存外、終わりは呆気ないなぁ。

なんて思いながら、私は胸の中で蠢《うごめ》く感情を吐き出さんと溜息をこぼした。

「……あぁ、ほんとだ」

いつだったか。

魔王がひとりごちていた言葉が私の頭の中に去来する。在りし日の己が言っていた言葉が、聞こえてくる。

「少しだけ、虚しいな」

終わった。

やり遂げた。

そんな達成感で満たされるのかなと思っていたのに、私の心を支配したのは虚無感に似た寂寥《せきりょう》であった。

22

「……そこにいたんだ」

これで、終わったんだ。

そう自覚すると共に押し寄せる疲労感。

私は骸に背を向け、踵を返すや否や視界に映り込んだ女性——ラナーに向けて疲れ切った表情を浮かべたまま、声を掛けていた。

「ええ……それと、そこに転がってる連中を除いた貴族共なら魔族共《あいつら》が殺し尽くしてたわよ」

だから、私が復讐対象としていた連中はもう全員が死んでいるのだと彼女は言う。

本来ならば私が殺すべき相手。だというのにどうしてか、その事実に不満は無かった。きっとその理由はガゼルを殺した事で既に満たされ、そしてこうして虚無感に見舞われていたからだろう。

「そっ、か……ところで魔王は？」

何よりも先にその疑問が口をついて出てくる。

きっとそれは、心の何処かでもう魔王に会えないような、そんな気がしていたからだと思う。

「…………」

ラナーは苦笑いを浮かべながら首を横に振る。

私にとっては案の定、といった返答であった。

「……ねえ、魔王は何か言ってた？」

お礼の一つや二つ。

言いたかったのにな。なんて思いながら聞く。

「『勝手に生きて、勝手に死ね。そして、勝手に救われろ』」

普段のラナーらしくない口調で、彼女はキザに言い放つ。

最初から最後までぞんざいな言葉。

けれどそれに対し、私は一風変わった捉え方をしていた。


——復讐の事などこれきりにして忘れてしまえ。

そう、聞こえてしまった。

「それと、貴女が道を違えない限り、魔王《あいつ》は貴女に手を貸してくれるらしいわよ」

復讐はこれきりにして好きなように生きろ。

……だが、有象無象《うぞうむぞう》の人間のように醜くなってくれるなよ。

という彼なりの願い故の言葉なのかもしれない。

接した期間は決して長いものではなかった。

なのにどうしてか、魔王はその実こう言いたかったんだろうな、と反射的に汲み取る事が出来てしまった。

「ほんと、素直じゃない奴よね」

「うん……私も、そう思うよ」

魔王には、返し切れないくらい恩がある。

復讐に関しては勿論の事、剣技や体術といったものも教えて貰った。まるで、どこかの御国の騎士が身につけていそうな綺麗な戦い方を。

魔王がどういう存在であったのか。

その事については一切聞き及んでいない。何より、彼自身が触れられる事を嫌っていた節があった。

だから何となくしか分からないけど、それでも受けた恩はどこまでも大きくて。

「ねえ、ラナー」

「なぁに？」

「返せない恩は、どうやって返せばいいと思う」

短い付き合いだった。

時間にして、二年、三年。その程度の付き合い。

でも、とても濃密な時間であったと、他でもない私が断じる事が出来た。

そして、目の前から姿を消したと聞いて蘇る思い出。受けた恩の重さを今更深く実感して苦笑いをする私は、気付けばラナーに尋ねていた。

どうすればいいだろうか、と。

きっと魔王は何も望んでいない。

私に対しても、他の何かに対しても、何もかも。

だから恩を返す事は出来ないと思った。それでは、果たして私はどうすれば良いのかと。

「恩のひとつやふたつ。そんなものは、他の誰かに返せばいいのよ」

「誰か？」

「そう。そんな奇縁《きえん》で世界は巡ってる。繋がってる。だから勝手に誰かに押し付けとけばいいのよ。そんな恩は」

誰も信用出来なかった。

誰にも近づけなかった。

何もかもを拒絶し、遠ざけていた。

血の繋がった家族にすら裏切られ、何もかも信用出来なかった私に手を差し伸べてくれた魔王の言葉が、未だに忘れられない。こんなにも私の心に残っている。


『どうだ？　俺と共に復讐を遂げる気骨《きこつ》は、その萎《な》えた魂にもまだあるか』


笑うしかなかった。

俺の欲望を満たす為に復讐しろ、と差し伸べられたその手が、何よりも信用出来てしまった事に。

血の繋がりや、築いてきた関係よりも、こんな打算に満ちた手に何よりも信を置けてしまう事実に、私は笑う事しか出来なかった。

あの時の魔王の言葉は私への心遣いだ。

魔王に足らないものなんて何も無かったのだから。

その気遣いに私はどれだけ救われた事か。

「そう、だね……確かに、その通りだ」

暗澹《あんたん》と蠢《うごめ》いていた鈍色《にびいろ》の空には、少しだけ陽が射し込み始めていた。ぎこちない笑みを作りながら、私はそんな空を眺める。

「ねえ、」

今度は私の番。

そう言わんばかりに、ラナーが私に向かって声を掛ける。

「貴女はこれからどうするの？」

「……旅にでも、出るかな」

少し前までは、国中の人間どころか、国自体を全部ぶち壊してやろうなんて物騒な考えを抱いていた筈なのに。

どうしてか、その気はすっかり薄れていた。

だから私は『旅』と口にした……元より、この壊れた国に私の居場所なんて無いのだから。必然、生きていくならば出て行く事になる。

「ふぅん。貴女が、旅ねえ……」

何の為に、とでも聞きたかったのか。

意味ありげな視線をラナーが私に向けてじーっと向けてくるものだから、私は観念してその理由を話す事にした。

「生きる理由探し、かな」

せめて、受けた恩くらいは他の誰かに返しておかなきゃいけないじゃん？　という意図を含めての返答だったのに。

「あ、はっ、あはははは っ!!」

盛大に笑われる事になった。

その反応に対してむっ、と口をへの字に曲げてやると。

「あ、ううん。違うの。あのね、随分と明るくなったなあって思っただけ。だって貴女、前まではすっごい鬱々《うつうつ》としてたのに」

今じゃ、生きる理由なんて口にしてる。

ね？　面白いでしょう？

そう言われては、私も何も言えなかった。

そんな折。

「旅は道連れ世は情け」

言葉が聞こえた。

吹かれた風の音にさらわれる事なく、芯の通った声によって発せられたその言葉は、私の心に深々と突き刺さる。

「その旅路《たびじ》、私も一緒して良いかしら？」

少しだけ、その言葉が意外で。

小さく目を見張ってしまうも、それも数瞬の出来事。


私はラナーとの出会いを思い返す。

『いつか、今よりも幸せだと思える日が来るかもしれない。だというのに、立ち止まり続けるだなんて馬鹿らしいと思わない？』

それは見えない鎖に雁字《がんじ》搦《がら》めにされ、立ち止まり続けていた私に向かってラナーが言ってくれた言葉。

『一人で進む事はしんどいかもしれない。でも、二人だったら違うかもしれないでしょう？』

拒絶して。拒絶して。拒絶して。

……拒絶し続けて。

なのにラナーは、私の前から去ろうとは終《つい》ぞしなかった。そんな思い出が不意に懐古されて。

どくんと心臓の拍動が、普段より大きく聞こえた。

「……うん。もちろん」

どうせ、帰り道は一緒なんだ。

だったら、一人よりも二人で。
何せ——旅は道連れ世は情け、なのだから。

『私は女神ラナー。この世で一番大嫌いなものは神様と人間』

女神と名乗る癖に、神が嫌いだと宣う変わり種の女神様。それが私の抱くラナーの印象だった。

『よろしくね。ツェレア』

名を捨てた。

それを口にして以来、ラナーは私のかつての名を呼ぶ事をやめてくれた。だから、ツェレアと呼ばれたのは本当に、初めて会った頃だけ。

どうして最初から名を知っていたのか。それについては未だに謎めいているけれど。

「もう少しだけ、よろしくねラナー」

私はもう少しだけ、あの時差し伸ばされた手を握り続ける事にした。視界に映り込んだ莞爾《かんじ》と笑うラナーの顔は、どこまでも眩《まばゆ》く見えて。


闇に包まれていた私の世界が微かに晴れて見えたような。そんな気がした。

スキル集めて楽々最強ファンタジー!

幼い頃、盗賊団に両親を攫われて以来、一人で生きてきた少年、ローグ。ある日彼は、森で自称神様という不思議な男の子を助ける。半信半疑のローグだったが、お礼に授かった能力が優れ物。なんと相手のスキルを見るだけで、自分のものに(しかも、最大レベルで)出来てしまうのだ。そんな規格外の力を頼りに、ローグは行方不明の両親捜しの旅に出る。当然、平穏無事といくはずもなく……彼の力に注目した世間から、数々の依頼が舞い込んできて——!?

◆定価:本体1200円+税 ◆ISBN 978-4-434-27157-1 ◆Illustration:天之有

闇精霊に好かれた精霊術師

Yamiseirei ni sukareta seireijutsushi

著 お茶っ葉 Ochappa

ダンジョンで見捨てられた駆け出し冒険者、
気まぐれな闇精霊に気に入られ……

今代唯一の“精霊使い”になる？

精霊の力を借りて戦う“精霊術師”の少年ニノは、ダンジョンで仲間に見捨てられた。だがそこで偶然、かつて人族と敵対し数百年もの間封印されていた、闇精霊の少女・フィアーと出会い契約することに。闇の力とは対照的に、普通の女の子らしさや優しさも持つフィアー。彼女のおかげでダンジョンから街に帰還したニノは、今度は自らを見捨てたパーティとの確執や、謎の少女による“冒険者殺し”事件に巻き込まれていく。大切な仲間を守るため、ニノは自分の身を顧みず戦いに身を投じるのだった——。

◆定価：本体1200円＋税　◆ISBN 978-4-434-27232-5　◆Illustration：あんべよしろう

この作品に対する皆様のご意見・ご感想をお待ちしております。

おハガキ・お手紙は以下の宛先にお送りください。

【宛先】

〒150-6008 東京都渋谷区恵比寿4-20-3 恵比寿ガーデンプレイスタワー 8F
（株）アルファポリス　書籍感想係

メールフォームでのご意見・ご感想は右のQRコードから、
あるいは以下のワードで検索をかけてください。

アルファポリス　書籍の感想　検索

ご感想はこちらから

本書は、「アルファポリス」（https://www.alphapolis.co.jp/）に掲載されていたものを、
改題・加筆・改稿のうえ書籍化したものです。

婚約破棄《こんやくはき》をされた悪役令嬢《あくやくれいじょう》は、すべてを見捨《みす》てることにした

アルト

2020年3月31日初版発行

編集－矢澤達也・宮坂剛
編集長－太田鉄平
発行者－梶本雄介
発行所－株式会社アルファポリス
〒150-6008 東京都渋谷区恵比寿4-20-3 恵比寿ガーデンプレイスタワー8F
TEL 03-6277-1601（営業）　03-6277-1602（編集）
URL https://www.alphapolis.co.jp/
発売元－株式会社星雲社（共同出版社・流通責任出版社）
〒112-0005東京都文京区水道1-3-30
TEL 03-3868-3275
装丁・本文イラスト－タムラヨウ
装丁デザイン－AFTERGLOW
印刷－中央精版印刷株式会社

価格はカバーに表示されてあります。

落丁乱丁の場合はアルファポリスまでご連絡ください。

送料は小社負担でお取り替えします。


ISBN978-4-434-27234-9 C0093